身為國際新聞記者

鏡頭下的故事與文化，那些城市教我的事

翁琬柔——著
Joyce Weng

高寶書版集團

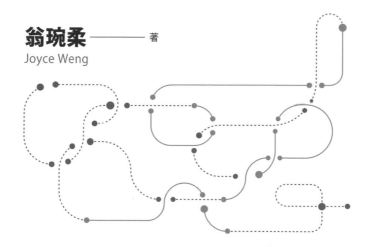

推薦序

第一章　身為一名新聞工作者

目錄
CONTENS

第二章　我的現場直擊與文化觀察

第三章　記者之眼的紐約臥底觀察

目錄
CONTENS

推薦序

她，新聞從業路上的夥伴、偶像

壹電視主播　沈泳吟

回想那天，我的 Line 跳出訊息，人在美國的翁琬柔告訴我她要出書，邀請我寫序，當時激動到不行，不假思索立刻答應，因為在我印象中，這位「新聞界女強人」，終於要把身經百戰的採訪事蹟集結成冊，可以或多或少改變大家對「新聞人」的刻板印象。

在壹電視共事的那些日子，我倆是晨班好搭檔，清晨六點不到就在座位上忙著掃外電新聞，琬柔的動作總是「快、狠、準」，每次新聞神降臨，大事發生，編輯台當班同事總是會不約而同把頭轉向她，不管是電話連線或快速給出「乾稿」，甚至是一小段時間內生出一則新聞，琬柔總是使命必達，前一秒或許大家還在談笑風生，下一秒已經就戰鬥位置 standby，這就是琬柔對新聞工作的負責和身為新聞人的嚴謹。

如同，就像書中所說，社會輿論給予媒體極高標準，不允許出現任何紕漏，而在高壓的工作環境中，琬柔的兢兢業業，也時刻提醒著我，要對自己經手的每一個工作環節負責；而除了一般編譯工作，她偶爾也必須身兼長官職幫其他同事開稿，並參與早上、中午主管會議，責任感越重，意味著，更需要汲取更廣泛的國際新聞和了解時事動脈，才能開出有 sense 的新聞稿之餘炒熱收視；面對這樣的工作日常，琬柔也總是游刃有餘。

當然，當她跳槽到東森時期，也是新聞魂燃燒最極致的階段，跟著她的步伐，征戰日本、馬來西亞、俄羅斯，幾乎任何國際大場合，總能看到她的身影，比起在壹電視時期更踴躍也更專業。在我的認知中，公司往往是對這一名記者給予高度認同，才會派他出訪，在無數採訪任務中，也驗證了琬柔身為專業新聞人的特質——「逆境中綻放地更燦爛」。

每個新聞人在不同階段都有不同選擇和使命，相對的，野心、視野也會不同，卸下媒體職的琬柔腳步始終不曾放慢，大膽跳出舒適圈，選擇前進美國進修，我很榮幸在她的從業路上，也參與了其中一個角色。

翻著這本充滿血淚的新聞人故事，咀嚼當中的苦辣酸甜，期許大家請別再對記者「以偏概全」。

推薦序

身為記者，終其職涯，我們就是在等待「新聞魂」燃燒的那一刻！

東森新聞主播　陳瑩

就在某夏夜凌晨時分，黑暗中的手機突然亮了起來，我摸黑打開手機，竟然是人在紐約的琬柔傳訊息來希望我能替她的新書寫序！我當時的第一個想法是：這個妹妹，真是好樣的，不但人跑到了紐約攻讀學位，走在路上都可以碰到有線電視新聞網（CNN）的帥哥主播 Anderson Cooper 不說，還到了聯合國實習、寫專欄，現在竟然還要出書了！

回想起琬柔在東森短短幾年的時間，也不知道是幸還是不幸，所有的衰虧（苦差事），幾乎都被她碰上，不論是日本熊本大地震，還是南韓前總統朴槿惠被彈劾，幾乎都是長官一道命令一下，二十四小時之內，這位「天災人禍小公主」就已經在當地進行採訪。然而，也是因為這樣的歷練，讓她經歷的比別人多，成長的比別人快，新聞魂總是在燃燒。而這樣的經歷，更是每一位真正熱血的記者所期盼，但是卻又不是每個人都能夠幸運經歷的！

二〇一八年，我和琬柔一起前往韓國採訪南北韓的歷史大事——金文會，當時的情景和體會，琬柔在這本書中有很棒很詳細的描述。如今再次回想，記者或許渺小，因為世界很大，但是我們會永遠記得事件發生的當下，血液沸騰的瞬間，以及在採訪任務完成的當下，心臟跳動的感覺。在這本書裡，你會看到很多那個悸動時分！Enjoy！

推薦序

打開關於異國文化的眼界，走進新聞幕前幕後

三立新聞主播　張齡予

你怎麼看待記者？你又如何看待主播？如何看待新聞產業，如何評價新聞從業人員？你是否也跟著喊聲：小時不讀書，長大當記者？

琬柔的書讓我回想起從業近十年的磕磕碰碰，酸甜苦辣都有，意外成為公眾人物，有了更多權利義務，但在我心中始終沒忘記初衷。直到現在，我依然像入行第一天那般充滿熱情，每天戰戰競競，努力精進，期盼更多人透過我的選讀、我的觀點，還有我的詮釋，更了解所處的世界，善用影響力，傳遞正能量。

而我，肯定不是特例。業內的我們，常笑說新聞工作「就像上癮一樣！待得越久越離不開。」」，縱使現在大環境改變，記者不再有無冕王光環，還在網路調查中「勇奪」最糟工作排行榜冠軍，同時也是「高壓工作」排行榜第十名，依然有許多人堅守崗位努力，你問原因？是什麼讓我們這群新聞圈的「唐吉訶德們」，為理想不計毀譽勇往直前？答案就在這本書裡。

琬柔分享珍貴的國際採訪經驗，連身為同業的我也看得津津有味，透過特殊、難以複製的國際大現場，琬柔不藏私分享這幾年她學到的業界硬道理。巨細靡遺的描述，每一次的採訪筆記，讓人彷彿親臨現場，周遊列國；輕鬆、幽默的筆調，帶讀者看進新聞幕前幕後，打開對於異國文化的眼界，對人生省思。

若你喜歡打高空論述、艱澀學理那一味，這本書都沒有，但如果要看當個「專業」新聞觀眾，琬柔平凡又不平凡的，曝光了新聞工作者不為人知的集體辛酸、焦慮、熱情跟理想。別再隨意落入台灣集體流傳的新聞都市傳說；內行人門道在此，老少咸宜，童叟無欺。

推薦序

堅韌與柔軟並存，帶回無數新聞價值

節目主持人　蔡尚樺

我是先在電視上看過琬柔，之後才認識她本人的。而且後來的每一次見面，或是從旁人口中聽到她的近況，都會再次刷新我對她的既有印象。就像一本書，每次翻到不同章節總能找到意外的驚喜。

當時我是財經台主播，琬柔是新聞台國際組主播，平時共事機會不多，新聞工作又急促緊湊，多半都是在梳化室匆匆偶遇，很難有機會深聊。也因為琬柔播報時的清晰專業，讓我一直認為她私下應該也是個精明幹練的女強人，就不太好意思主動攀談，相較之下我們的第一次接觸還真有點出乎預料，因為那天「她在哭」?!

通常我們進梳化室都必須在半個小時內完妝上台播報，那天她卻哭得雙眼和鼻子通紅，對著電話那頭十萬火急的在溝通，邊哽咽落淚，邊任由造型師快速幫她化妝。一旁的我忍不住問她：「怎麼了？還好嗎？」

「快要爆炸了啦！今天我們組上人力不足，我一個人要當三個人用，我從早上四點忙到現在一口飯都來不及吃，等一下還要我留下來到晚上十二點，全部都只能我自己想辦法處理，根本無法在時間內完成，實在快崩潰了啦！」

這一瞬間就拉近了彼此的距離，好像這真的是我們新聞圈菜鳥的宿命，我想起自己似乎也無數次徘徊在截稿時間邊緣急到跳腳，被罵的狗血淋頭也只能自己躲到剪接間或梳化室痛哭的時刻，突然理解眼前的她，原來卸下主播幹練的盔甲，也跟我一樣是個感性情感豐沛的普通女孩。

但專業如她，很快的就收起淚水，在十分鐘後粉墨登場。我坐在梳化室裡看著螢幕上的她侃侃而談，傳達著專業資訊，哪裡還是剛剛那個坐在我身旁痛哭流涕的女孩。

直到看完了琬柔這本《身為國際新聞記者》，我才發現她比我想像中的更熱血且堅韌，也感動於她對國際新聞的堅持。大家常說台灣不夠具國際視野，媒體花太少篇幅報導國際新聞。琬柔不但站在許多不同國家的第一線做深度報導，更追求讓觀眾看到更全面的當地景況，甚至點出大家過去誤解或不曾察覺的觀點。她總是在發生國際大事時，站在歷史點上做報導。

看她一個嬌滴滴的年輕女孩，不顧安危就和攝影單槍匹馬直衝日本強震災區，在斷垣殘壁中扛著幾十公斤重的攝影器材徒步走了一個多小時，只為了不負使命；以及在朴瑾惠被罷免的風波，現場守候十幾個鐘頭，忍受被朴的支持者謾罵推擠差點受傷；又或是在台灣人才外流，各台都在吹捧他國薪資水準時，她親赴新加坡採訪當地台灣人，帶回薪資高、物價也高，存錢不易卻也能拓展眼界磨練心性的人性化報導；甚至就算被大馬拿督威脅利誘要她撤掉不利其消息時，也能很有膽量地勇於說不！這都是新聞人最可愛可貴的價值，也是我最欣賞她的地方。

書中我特別喜歡這段話：「身為新聞從業人員，只寫事實那叫傳遞訊息，帶著觀點和分析的才叫深度報導。」多開心能在新聞圈認識一個如此有熱忱和使命感的夥伴，也因為有無數像琬柔一樣的同業，才讓台灣的媒體依舊充滿希望！

第一章

身為一名新聞工作者

01／為什麼想當記者？

「小時不讀書，長大當記者。」是我開始當記者幾年之後，網路上才開始流行的一句話。可是實際上，我有許多同業畢業自國內外頂尖大學、學識淵博，最重要的是，即使這份工作高壓、低薪、工時不固定，他們都還是抱著對新聞行業的熱情。入行六年來，每當我在國外幫攝影記者扛著十多公斤重的腳架步行、或是跟長官吵架的時候，我多次問自己：「如果當初從日本慶應大學畢業後，就留在日本工作，現在年薪早就好幾百萬，還能過著朝九晚五的生活，那我到底為什麼要當記者呢？」

在日本念書的時候，主要學習關於日本盛行的電子看板廣告行銷，二〇一一年三月十一日，我跟日本好友在原宿喝下午茶，突然一陣天搖地動，一開始大家面面相覷，隨著晃動程度越來越大，大家趕緊跑出餐廳，眼看著餐廳的落地窗當場被震碎，手機瞬間沒了收訊，我們帶著驚恐與不安的心情到附近的明治神宮避難，那時集結了好幾百人，大家只知道發生了大地震，其餘資訊一概不知。當天沒有電車回家，我跟朋友從原宿沿路詢問旅館，花了三、四個小時，走到池袋才有一間Motel讓我們入住，直到午夜為止，手機都無法通電話及傳簡訊，接收訊息的來源只有大眾媒體以及網路，當網路上有很多危言聳聽的訊息時，我們只相信日本媒體在推特官方帳號發佈的消息，這是我第一次切身感受到，新聞媒體的重要性。

地震過後的幾天，餘震不斷，便利商店買不到水，整個日本大缺電，住在橫濱的我過了短暫的停電生活，東京自肅氣氛濃厚，民眾力行節電，讓本來霓虹閃爍的城市頓時黯然失色，人們臉上的笑容也變少了，整個城市變得死氣沉沉的，看著從小就嚮往的城市變得如此消沉，心中真的非常難過，身為在日本留學的外國人，一直想著想為這個地方做點什麼，卻又力不從心。在這同時，有許多來自台灣及世界各地的媒體湧入日本，所有災情、災區的狀況、受災戶的安置情形……一切的訊息都靠著在災區現場的記者傳遞，也因為新聞不斷播放日本災情，台灣民眾捐出了高達六十八億台幣的善款，這也讓我真切地感受到媒體的影響力。

當時的我正要升上研究所二年級，已經開始在日本的「就職活動」，頂著慶應大學研究所的光環，加上精通中英日文，在畢業前就拿到一家網路公司、兩家日本商社的錄取書，但是「想要站在新聞現場！」這樣的念頭不斷在腦中出現，我想透過「記者」這份工作，藉由媒體力量幫助更多的人，也想站在新聞現場，傳遞更多精準而快速的訊息，於是我毅然決然推辭了這些日本公司，在二〇一二年的春天，回到台灣，踏上追求夢想的道路。

我的第一份工作是在一家有線電視台擔任國際新聞編譯，初出社會的我，面試時在履歷表上的期望薪資欄位填上了「依公司規定」五個大字，於是我的第一份薪水是三萬兩千元，跟與我同期回到台灣的研究所同學相比，他們有些人在日商、有些人進入科技業，由於精通日文，起薪至少都是四萬五千元起跳，相比之下，我的薪水相當不符合期待，跟公司要求調整薪資，得到的答案也只是「這就是媒體產業的平均薪資。」

而國際新聞編譯這份工作也不如我想像中的光鮮亮麗，電視新聞台由於預算限制，無法在每次有新聞事件發生的時候就派記者出國，所以我們主要的工作內容就是將合作的外電媒體（CNN、美聯社、NHK……）提供的訊息寫成中文稿子，並且交由剪接剪成觀眾在電視上看到的一分鐘四十秒左右的新聞。想寫的題目無法自由選擇，加上缺乏採訪經驗，就算發生重大國際事件，也壓根輪不到我被派出去採訪，這時的我才發現，我離「站在新聞現場」這個夢想相當遙遠。

不過，經過紮實的寫稿訓練，換了幾份工作、慢慢累積採訪經驗及人脈後，我開始在東森新聞國際中心擔任記者，除了翻譯外電新聞之外，還擔任蒐集資訊、參加晨間報稿會議的角色，更常常在有重大新聞事件的時候被派到海外，也有了自己規劃、製作國際新聞專題的機會，最後更當上了兼任新聞主播。

我的記者之路看似順遂而光鮮亮麗，然而我最常掛在嘴邊的話就是：「如果以後我的小孩要當記者，我可能會把他的腿打斷。」因為這真的是一份投資報酬率不高的工作，因為國際組需要輪班，我有長達兩年的時間過著早上四點四十五分就要上班的日子，遇到需要兼任播報的日子，下午就會回家補眠，五點多就又回到公司梳化準備播報晚間的新聞。出差的時候，經常需要從早上六點一路每小時連線到晚上九、十點，在國外採訪，沒有專屬的採訪車，將近二十多公斤的行頭全都得揹在身上，就算是體型嬌小的文字記者也需要幫攝影記者分擔這些重量。而電視新聞記者時常需要在很短的時間消化大量訊息，製作新聞的時間相當有限，但是我們的工作成果必須受到大眾檢視，稍稍有一點出錯，就會在網路上受到抨擊，或是當少數人犯了錯，所有的記者都會被冠上「小時不讀書」的罪名，甚至記者站在鏡頭前，就得忍受網路上那些對於外貌的批評。

記者，實在是份吃力不討好的工作。

但是每當我站在新聞現場，那種緊張、刺激的感覺正是督促我成長的動力；每次結束國際新聞專題的製作，總是很慶幸自己能夠帶著觀眾用自己的視角去認識這個世界；就算是坐在辦公室處理外電新聞，也能藉由工作吸收很多來自世界各地的最新資訊，更別說當我們以記者身分站在新聞現場見證歷史的時候心中的感動，那份成就感支撐著所有線上新聞工作者，如果再問我一次會不會選擇當記者，我的答案是肯定的，同時我也常常回憶起當時在日本那個「想站在新聞現場」的聲音，提醒自己莫忘初衷。

02／我的生活很「國際化」

「你是國際新聞記者？台灣都沒有國際新聞啊！」

「……」

這樣的對話，頻繁地出現在我的生活當中，印象最深的一次是在一場類似聯誼的聚會上，男方一聽到我的職業，就嘰哩呱啦地發表他對「國際新聞記者」這個職業的長篇大論，當時我也不管交不交得到男朋友了，直接問對方：「你曾經好好坐在電視前面，一小時都不轉台，看看新聞台到底有沒有國際新聞嗎？電視新聞又不像是報紙，一攤開有沒有報一目了然，搞不好你轉台之後就有敘利亞的新聞啦？」男方的臉色開始變得很差，當然，我也沒有配對成功。

每次聽到「台灣沒有國際新聞，所以台灣人沒有國際觀」這句話，我都不由自主地想：「那我到底是為誰辛苦為誰忙啊？」從我踏入國際新聞記者這行開始，六年的時間內，皺紋多了不少，但也成長許多，真的很希望觀眾可以透過我們的鏡頭，看到更多更廣的世界。

再者，「因為沒有國際新聞，所以台灣人沒有國際觀」這句話本身就存在著很大的邏輯謬誤，因為國際觀雖然可以藉由觀察世界脈動培養，但可不是有看國際新聞就等於有國際觀。日本知名經濟評論家大前研一曾對國際觀下過定義：「知道世界發生什麼事，並對這些事有提出觀點的能力。」也就是說，看大量的國際新聞、知道台灣以外的地方發生了什麼事情只是第一步，而對於國際情勢的敏感度，以及分析國際情勢的能力，則需要經過更多的邏輯與分析訓練，才能將接收到的資訊轉化為每個人心中不同的「國際觀」。

舉例來說，我在二〇一八年的時候因為世界盃足球賽到俄羅斯的首都莫斯科採訪，在當地無論是在街頭隨機採訪，還是到最高學府莫斯科大學找學生聊聊，除了本來就是唸外語的學生之外，通通都不諳英文，當時我還暗自想著：「這地方怎麼這麼不國際化啊？」最後詢問了在莫斯科師範大學教中文的教授，他告訴我，帝俄時期俄羅斯西化，主要是跟法國、德國學習，會英文的人不多。二戰結束後，蘇聯和美國進入冷戰狀態，相互為敵人，俄國人更不需要學英文。蘇聯解體後，俄羅斯的中小學外語課程雖然是必修，但英語也只是可選的外語「之一」。而台灣的媒體報導的國際新聞都是從「歐美觀點」出發，所以自然而然在我們心中形塑了「會英文才有國際觀、才是國際化」這樣的想法，也就是說，我們看了這麼多的國際新聞，大量吸收的卻只是歐美觀點，忘了世界上還有許多國家，不是繞著美國打轉，這也讓我體驗到，涉獵國際新聞之際，能夠去分析並且歸納出自己的觀點才是最重要的事情。

我無法確保觀眾是否有分析國際情勢的能力，但是對於「提供足夠的國際新聞」這件事我是問心無愧的。在我從事新聞工作的六年多以來，從天主教教宗退位、敘利亞戰火、泰國紅衫軍、南韓世越號沉沒、新加坡總理李光耀過世、緬甸羅興雅人危機、美國總統大選、英國脫歐公投、日本熊本大地震、南韓總統朴槿惠遭罷免……，幾乎每一個國際大事我們都有參與，即使因為預算問題無法親臨現場，至少我們都有藉由配合的外電製作出國際新聞，收視率有多慘澹那就是另一個話題了。

很多人常常問我：「國際新聞記者在幹嘛？」國際組的新聞記者分早中晚三班，只要在新聞的開播時間內，國際組的位置上一定會有人，因為世界二十四小時在轉動，隨時都有新聞發生。其實大多數的時間，我們都是在辦公室內處理外電新聞，要在一至兩小時之內，理解整個新聞事件，再寫成中文稿子，並且去過音[1]、剪輯，才能完成一則一分四十秒的電視新聞。

那什麼時候才能到新聞現場呢？

大致上來說有三種時候國際新聞記者能夠出國採訪，第一種是「媒體團」，當國外企業或是活動，需要在台灣媒體上曝光的時候，他們會廣邀媒體，組成媒

1 電視新聞記者在寫好稿子之後，就要去擺設著剪輯器材的小房間念稿錄下來，我們稱之為「過音」。

體團帶我們出國採訪，記者必須在新聞專業跟主辦單位希望呈現的內容取得平衡，否則一不小心很容易就會變成廣告色彩過重的「業配文」，拍攝採訪時間通常也被壓縮得很緊，心理壓力不小。第二種是「突發事件」，像是熊本大地震、南韓前總統朴槿惠遭罷免引發暴動……這類的新聞，長官在判斷需要到現場報導之後，就會派文字記者跟攝影記者即刻出發。處理這種新聞的時候，記者必須在短時間內了解現場狀況，而且在海外採訪沒有任何資源、節節新聞都要連線最新資訊、工時又長，身心都需要強大的抗壓能力。第三種則是「新聞專題」，處理新聞專題的戰線會拉長，一般的新聞媒體，到外地採訪新聞的時候，通常會花上一筆預算聘請當地的「Fixer」安排當地的採訪、交通事宜，但是台灣的媒體因為有預算跟人力的限制，不是每趟出差都能聘請當地人協助，台灣的國際新聞記者幾乎是一人包辦採訪前的聯絡、行程機票住宿安排、當地採訪、到回國後的寫稿剪輯，準備時間越長代表作品的完成度要跟著越高，也是種不一樣的辛苦。

國際新聞記者的工作時間，大約有至少百分之七十的時間會在辦公室作業，剩下的時間才能飛到世界各地，把發生在各個角落的故事帶回台灣，有時候會在國外看見台灣還能夠更好的地方，但大多數在海外採訪的時間，我都會想著台灣其實也有很多很棒的地方，像是台灣的公家機關比國外有效率太多，辦身分證或是戶籍謄本這類的文件，在台灣可以在半小時內辦完，如果在日本或是美國，通常得花上好幾倍的時間。就算公共建設跟城市景觀規劃比不上許多國際一線都市，但是街道乾淨，人情味充足，素養比起某些國家還是高了許多。最重要的是，每次在國外採訪的時候，都讓我有機會跟當地人接觸，親身體驗課本以外的世界，像是過去我的刻板印象是韓國人的英文很爛，但是無論是我因為周子瑜的國旗事件或是朴槿惠遭彈劾時到首爾採訪，幾乎所有的年輕人都能用非常流暢的英文表達自己的想法，甚至在南北韓領導人首次舉辦峰會的時候，我在街上街訪，還有人能用英文清楚地告訴我兩韓之間的恩怨情仇，這讓我相當驚訝，也深深喜歡自己這份工作，可以讓我親自跟每個國家的人接觸，不再用刻板印象看待他們。這些經驗，讓我越來越能在工作場合享受跑新聞的快感，**只要我在國際新聞現場，我就覺得自己的生命好精采，一點都沒有浪費，也能抬頭挺胸地說：「誰說台灣沒有國際新聞？」**

03／雞生蛋，蛋生雞

大學四年級的時候有一門必修課「當代傳播問題」，是由時任淡江大學文學院院長趙雅麗老師教授，每個星期全班都會熱烈討論當時傳播圈的問題，老師也會讓我們說出自己的想法，是我在大學四年以來，最認真投入的一堂課。

「新聞記者應該對自己的作品負責」、「記者應該堅守守門人崗位，必須善盡查證職責」，這些在課堂上講的話，在我真正成為記者之後，一直都好好地收藏在心底，不想要背叛當時那個有熱情、有理想、二十一歲的自己。

修那堂課的時候是二〇〇九年，蘋果日報已經進軍台灣六年，狗仔文化大幅改變了台灣的媒體生態，腥羶色的新聞才能成功搶下閱聽人的眼球，電視台也因為搶收視率，喜歡播一些聳動的新聞。我們在課堂上討論這個問題的時候，認為

「收視率的調查方法」根本就不夠公平。

當時，台灣電視收視率調查長期由美商公司「尼爾森」壟斷經營，但他們調查收視率的方式，是先隨機選出收視戶，再詢問這些收視戶是否願意在家中裝設記錄器（People-Meter），使用者看電視時，要手動輸入是由家中哪位成員收看，把資料回傳尼爾森進行統計，再推論至全體收視戶，但樣本數只有大約一千八百戶，被調查的人數大約只有三千多人，這樣足以代表全台灣收視戶嗎？

另外，尼爾森在調查收視率時，是利用個人收視記錄器進行調查，但是現代人看電視，大可在電腦、手機上收看，地點也不再侷限於家中的客廳，但尼爾森的收視調查只能調查位於家庭的收視個體。再加上收視戶在收看的時候，到底是專心觀賞電視內容，還是只是開著電視，一邊聽背景音一邊做自己的事，這些都無法被仔細調查，也讓尼爾森提供的數據有失真的可能，代表性並不充足。

我家曾經在多年前被隨機抽選成為收視戶，當時業務人員來接洽的時候有提到，會提供大約一、兩千元台幣左右的金額作為回饋，當時我們家因為顧及隱私而回絕安裝收視記錄器。大多數會因為「回饋」安裝收視記錄器的家庭，可能都是因為需要這些費用或禮券，導致他們的樣本很有可能以中低收入居多，收視調查結果就會向本土、或是較聳動的內容傾斜，這是尼爾森的收視率長期被學者和業界垢病的主因。

收視調查的方法不夠完整跟公正，但是電視的製作方向卻只能依靠這個數據製作，才會造成台灣電視圈、新聞內容素質越來越低落，因為從源頭就有問題。加上廣告商下廣告的時候，不會因為節目的內容優良而下廣告，他們只相信尼爾森的收視率，於是造就了這樣的惡性循環。

「我認為電視台不應該單憑尼爾森的收視調查結果來做新聞，因為這個取樣調查根本就不公平，不能代表所有收看電視新聞的觀眾，如果只靠尼爾森的收視率來判斷什麼新聞該做、什麼不做，當然電視台會充斥腥羶色的新聞！不能讓尼爾森主宰台灣的電視圈！」

二十一歲的我，在課堂上的發言，聽起來正義而勇敢，然而，在我真正踏入新聞界之後，才知道，要改變這樣的生態環境、要減少腥羶色的新聞，不是光靠一群有熱情、有夢想的記者就能完成，因為商業電視台需要藉由賣廣告營利，而廣告主就是看收視率下單，所以台灣電視圈的慘況無論是尼爾森、電視媒體、還是觀眾都有責任。

雖然電視台在賣廣告的時候還是以尼爾森收視調查的數據為主，但是隨著時代的進步，現在還有很多數據可以參考，像是藉由數位機上盒，各大有線電視系統都可以掌握到最精準的數據。還有，各大報社的網站都會即時顯示每則新聞的點閱流量，這也成為電視台新聞取向的參考數據。

很可惜地，無論是尼爾森的收視率調查，還是最即時的網路點閱，國際新聞的收視表現都很不亮眼。

台灣四大報點閱率高的「國際新聞」通常是一些蒐奇新聞，主要原因就是因為這類新聞收視率比較好，而通常記者「個人」比較沒辦法選擇自己想寫的新聞主題，每天要寫什麼新聞，通常是經由長官跟編輯們開過「編採會議」後再指派記者的。再加上每一節新聞就是只有一小時，除了國際新聞之外，還有政治、社會、財經、生活、娛樂、地方……等新聞排播，每個線路的新聞都有一定的數量限制，所以有時候「觀眾想看的新聞」就會壓縮到「觀眾應該知道的新聞」的播出空間。

我曾經被「點菜」過寫一則相當荒謬的新聞，是日本有個主人養了一隻大烏龜，每次大烏龜下蛋，他就會把龜蛋煎來吃。夠荒唐吧？我到現在都不知道自己怎麼寫完那篇稿子，也很氣這種新聞壓縮了其他「正經」國際新聞的播出空間，可是相當諷刺的結果是，龜蛋被煎熟的新聞收視率、點閱率都很高。

正在寫這本書的二〇一九年六月，香港爆發「反送中條例」運動，手機不斷傳來 CNN、BBC、NHK 各大國際媒體的最新消息，因為這是香港有史以來規模最大的遊行之一，超過一百萬人走上街頭，幾乎佔了香港人口的七分之一。這場遊行展現香港民眾對民主自由被鯨吞蠶食的憂懼。這場遊行其實跟台灣息息相關，因為被稱為「送中條例」的《逃犯條例》把中國納入引渡地區，不只香港人，台灣人民等其它國籍的民眾，日後過境香港，一旦被認定有犯罪嫌疑，都可能遭到引渡，引發國際社會對這項條例的關心。

但是就在六月十二日藝人阿翔被偷拍到婚外情，他跟外遇對象的花邊新聞佔據了各大新聞版面。藝人偷吃跟反送中，怎麼想香港的遊行都是比較重要的新聞吧？但是看看Google每日搜尋趨勢，六月十二日的搜尋趨勢中，「阿翔」的相關消息最多，擁有高達一百多萬筆搜尋資料，佔據排行榜第一。而「香港」、「反送中」則分別佔搜尋排行榜第二、三名，各有二十多萬筆搜尋資料。當閱聽人如此明顯地喜歡花邊新聞的時候，靠收視率營利的電視台難道能捨棄報導的機會嗎？

而這樣的例子，絕對不在少數，我絕無把「垃圾新聞太多」的責任都加諸於觀眾的意思，但是，要在台灣掀起媒體改革，閱聽人還是有力量的，Postman 及 Powers 曾在《如何看電視新聞》（How to Watch Television News）一書中提出了八個勸告，包含：

一、看新聞節目時，一定要有「什麼是重要的」堅定的信念
二、在看電視新聞時，要不斷提醒自己那只是一個表演
三、絕不低估商業的力量
四、要探究電視媒體經營者背後的經濟與政治關係
五、注意新聞報導所使用的語言
六、把所觀看的電視新聞時間至少降低三分之一
七、把覺得有義務知道的電視訊息降低至少三分之一
八、盡全力要求學校教導孩子如何看電視

-Postman & Powers, 1997

想要淘汰「垃圾新聞」、讓台灣的媒體環境變得乾淨，家庭教育、學校教育、媒體、閱聽人的努力，缺一不可。

沒有記者是懷抱著「我要做行車記錄器新聞[2]！」或是「我要寫網路蒐奇新聞！」這樣的目標入行的，新聞媒體絕對有必須背負的社會責任，但是這是一個雞生蛋、蛋生雞的道理，如果大家平常就願意多看看內容生硬一點、卻很有知道價值的新聞，或許，那些沒營養的新聞就能少一點吧。

（此章節關於尼爾森收視率調查部分，參考文章〈還在相信不可靠的收視率嗎？來看看尼爾森不敢告訴你的幾件事！〉）

2　以行車記錄器畫面作為報導內容的新聞。

04／台灣的酸民文化

在一間小學前，一名電視新聞記者想探討學童近視的議題，把麥克風伸向一個戴著眼鏡的小女孩問：「你有近視嗎？」小女孩答：「有。」這樣的新聞畫面播出後，引起網路上一片罵聲：「這有眼睛的一看就知道了，有需要問嗎？」而網路上還有很多訕笑台灣記者小時候不讀書的文章，集結了各種記者犯下低級錯誤的證據。

當然，很多時候記者的提問技巧、呈現新聞的方法都有待改善，但是台灣電視台記者的工作時間被壓縮得有多緊湊，是外界無法想像的。拿一般跑線的記者來說，他們往往一天要出上至少二至三則新聞，如果要在九個小時的上班時間內完成任務的話，平均做一則一分鐘四十秒的電視新聞，只有三小時的時間，這當中包含了交通往返、目的地採訪、攝影記者拍攝、回到辦公室寫稿子、過音、剪輯的時間，也就是說，東扣西扣，一組記者在新聞現場採訪的時間往往剩下一個小時，有時候甚至更短，一到現場了解狀況、提問完後馬上就得回公司趕帶子了。

相較於CNN、NHK等國際媒體的記者，一天可能只需要做一至二則新聞、有時間好好為自己的新聞把關，台灣記者只有極短的時間能夠作業，往往會讓他們到現場後只想抓緊時間問完問題，才會有這種「蠢問題」發生的現象。

國際新聞記者的狀況也沒有比較好，一天之內基本上需要出四則新聞，也就是說扣除吃飯時間，一則新聞只有兩個小時的製作時間，再扣除剪輯帶子的四十分鐘，一個記者或是編譯只有不到一個半小時的時間找新聞畫面、翻譯、寫稿跟過音。更別說如果當日有重大新聞事件，需要臨時連線或是其他應變處理時，會壓縮到自己的工作時間。

新聞行業瞬息萬變，而這是一份沒有辦法單打獨鬥的工作，「團隊合作」變得相當重要，當緊急新聞事件發生的時候，通常可以聽到新聞部此起彼落的調度聲音：「A去採訪、B來連線、C來掌握最新狀況隨時匯報……」有時候記者或是編輯為了搶快，很容易沒有檢查新聞內容或是錯別字，造成失誤。

我印象最深的一次，是二〇一六年法國尼斯發生恐怖攻擊，一輛卡車衝撞路上人群，司機開槍掃射，造成八十四人死亡、逾百人受傷，當時整個國際組的人力都在做最即時的電話連線、資料蒐集、以及新聞製作，此時午間製作人一通電話過來，希望有人可以進棚連線，當時，距離連線的時間只有大約十五分鐘。我的長官決定親自上場，但是他還得換上西裝、更新最新資訊，已經沒有時間準備題目跟棚內要用的字卡，於是這項工作就交給編輯負責，編輯轉述，希望他可以跟觀眾講講尼斯是一個怎樣的地方。沒想到他一進棚，看到字卡上寫著尼斯是度假勝地、法國第五大城市、還有「尼斯湖水怪傳說出名」，問題是，尼斯湖明明在英國蘇格蘭啊！

很明顯，後勤的編輯把尼斯跟尼斯湖搞錯，而在極短的時間內也沒人發現這個錯誤，當我長官在棚內發現的時候，已經在現場連線了，雖然他在連線的時候沒有提到尼斯湖，但是字卡亮在那裡，老早就被網友截圖傳成笑柄。

我的長官事後發了道歉聲明，強調自己在現場沒有談論尼斯湖主題，但仍然無法掩蓋字卡做錯的失誤，也承諾以後處理新聞會更小心，在這個失誤之後，也養成我進棚連線之前，一定要在副控確認字卡最終版的習慣，如果資訊有誤就寧可放棄字卡，也不要被網友抓住把柄。

因為現在的網友，仗著躲在螢幕後面，說話可是一點都沒有在客氣，問題是，即使社會風氣認為記者智商很低，網友的話就一定是對的嗎？網友就可以無限上綱的對新聞從業人員言語罷凌嗎？

有一次我做了泰國色情行業相關的專題，我跟攝影潛入了曼谷的牛仔街，街上全是應召女郎，更直擊了客人喊價的畫面，我在新聞裡說：「泰國民風保守，色情行業在當地並不合法，而且帶來很多性病、毒品等治安問題，只是色情產業利益龐大，不只吸引大量外匯，一年更可以帶來上千億商機。這些特種行業的後台，通常是政府官員或警界高層，政府睜一隻眼閉一隻眼，『大力掃蕩』淪為口號。」

新聞播出後，至今累積了四十二萬瀏覽人次，引發熱烈討論，就在公司的官方Facebook下面，有許多人留言：「誰說泰國色情行業不合法？明明合法。」事實勝於雄辯，我懶得跟這些網友筆戰，但是有一名網友用盡了極其難聽的字眼羞辱我，讓我實在嚥不下這口氣，把泰國色情行業不合法的文獻私訊給他後，表示會把這些證據交給律師，將對他提告公然侮辱。因為我認為，這種暢所欲言的酸民文化實在不能夠被縱容，我對我製作的新聞負責，那這些在網路上亂罵人的網友，為什麼不用負責？

除了要跟這種胡亂罵人的網友吵架之外，也因為一舉一動都會被攤在鏡頭前，我們對於自己的身材、外表，也需要長期控制，因為網路社群興起之後，很多新聞台都開始在YouTube直播新聞，只要我進棚推播，出來第一件事情就是看看直播下面的留言，看網友有什麼指教的地方，可是百分之八十的留言都在針對我的外貌，最近是否胖了？這件衣服常常穿？今天髮型很奇怪？甚至還有「絲襪好性感」這種留言。然而，不是只有我一個人必須面臨這樣的狀況，所有站在鏡頭前的主播跟記者，不僅是工作表現需要受到公評，就連外表也會被放大檢視。

我有一位很尊重的主播前輩曾經說：「維持外貌，也是一個主播的專業。」這點我相當認同，但是，請讓我強調，主播、記者除了外表之外，我們還是很努力在挖掘值得關注的社會議題，我們也有我們的新聞專業。

記者是一份很獨特的工作，不像一般的上班族，出了錯趕緊修正就好。我們即時面對的是社會大眾、是網路上等著揪錯的網友，記者得面對大眾的指教，這是我們背負的責任，但是相對的，我們也值得應該有的尊重，因為這真的不是一份智商只有三十的人能做的工作。

第二章

我的現場直擊與文化觀察

曼谷

探索「人味」故事，我的新聞夢想基石

「妳喜歡去泰國？那裡路邊攤妳敢吃？當地是否很髒亂啊？」

每當我說出我最喜歡旅行的地方是泰國曼谷的時候，總會有旁人這樣對我說，對我來說，這樣的發言才叫做沒有國際觀。

我第一次造訪曼谷，是在大學一年級的時候與好友們跟團前往，十九歲的我就此愛上了這個國家，食物美味、人民親切、低廉的物價能讓當時還是學生的我們用小小的金錢做大大的享受，從那時候開始，曼谷成了我每年必去的城市，甚至還有一度考慮申請當地的國際學校，雖然後來打消念頭，但我還是在每年的造訪當中，親眼見證了曼谷堪稱飛速的軟硬體發展。

曼谷是泰國的首都，也是當地政府積極發展的重鎮，除了觀光產業之外，也是許多外商投資的首選，聯合利華的亞太區辦公總部就坐落在曼谷，當地的日本企業眾多，也讓曼谷有了一個「日本區」，住著許多派駐日本的家庭。在曼谷市中心的百貨公司，氣派程度早就超越台北的信義區，許多國際級的品牌跟餐廳也進駐曼谷市場，顯現當地的商機很大。就算泰國的貧富差距非常大、城鄉差距、文盲問題……都是泰國政府亟欲解決的課題，但我還是想讓更多人知道，曼谷的硬體設備早就不輸台北，台灣人不應該用歧視或是高人一等的眼光來看待曼谷。

二〇一五年，我剛加入東森新聞的時候，機會來了，我第一次以工作名義出訪曼谷，採訪當地的房地產。

電視新聞預算限制多，國際新聞團隊出訪花費浩大，所以有些專題新聞會採取「贊助」模式出訪，廠商會贊助出訪記者的食宿、交通，來獲取新聞曝光的機會，當然，在專題製作的選題，不會只限於贊助方想露出的主題，記者必須趁著出國採訪的機會，挖掘出值得呈現給觀眾的故事、新聞。這種合作模式的專題新聞，除了觀光、交通、娛樂產業之外，就屬房地產最多，這次的泰國曼谷專題採訪就是屬於這類。

泰國的房地產因為觀光蓬勃、經濟發展亮眼，再加上興建泛亞鐵路，房價已經連年增長，甚至吸引許多外國人投資，是個很有趣的主題。除此之外，我規劃介紹曼谷的經濟成長、文化創意產業發展、觀光背後色情產業蓬勃的隱憂……等專題。

但是國際新聞收視率普遍低迷，要如何引起台灣觀眾的興趣？一帖妙方就是用「人」說故事。就算用再多的畫面跟數據佐證，最終還是要靠「人」的故事來增添新聞的可看性，於是我決定開始尋找在曼谷任何跟「台灣人」相關的故事。

當時台灣的豪大大雞排剛進軍曼谷，珍珠奶茶也成為泰國人飲料的新寵，我認為介紹泰國的「台灣風潮」是個滿有趣的題目，結果一做調查，發現才剛有平面媒體做了相似的專題，由於我想要靠自己力量找出更多沒人看過的故事，只好忍痛放棄這個主題。

後來我想到，自己如此喜歡曼谷，對於當地觀光產業的貢獻雖然不多，但可是非常忠誠，一查之後才發現，泰國每年有將近三千萬人次的觀光客，觀光收益破兆，一定有很多像我一樣一去就感受到這個國家魅力的人，如果想要在曼谷定居，要找份工作得先會泰文，應該不是那麼簡單，但是好險當地物價低、薪資水準也比台灣稍低，也就是說，創業資金門檻不高，於是我決定來尋找在曼谷創業的台灣人！

拜託了住在曼谷的台灣朋友打聽後，我找上了一對在曼谷市中心經營旅館的台灣姐妹。她們的設計旅店當時有二十五個房間，營收上千萬，一年算下來可以接待上萬名旅客，七年級生的她們，大概算是頭一批受不了台灣低薪而獨力勇闖東南亞的台灣年輕人。

負責接待我們的妹妹莫妮卡（Monica）說，她頂著雪梨大學畢業的頭銜回台，但是只能月領22 k在電視台領腳本，藉由一次到東南亞出差的經驗，發現東南亞人天性樂觀，只要「肯拚一點，在東南亞比較容易成功。」於是跟姐姐帶著不到四十萬台幣的存款，勇闖曼谷，從日租套房做起。除了把市場對準台灣，還希望能吸引英語系國家的觀光客，因此除了在台灣的旅遊網站經營部落格，姐妹倆也經營中、英文版的臉書粉絲專頁。

但創業之路怎麼可能平步青雲？姐妹倆在附有泳池、健身房的新大樓租了幾間套房，日租給旅客，生意越來越好，就在經營到第十間套房的時候，旅客太多，大樓住戶抱怨她們的旅客佔用公共設施，於是大樓直接切斷她們的水，不讓她們再做生意，姐妹倆只能在二十四小時內把客人都移到別的飯店。也讓這對姐妹下定決心，要找一整棟能完全自主的大樓。她們找來了設計師，彩繪了二十五間不同設計的客房。開始經營屬於自己的旅店時剛好碰上曼谷水災，好不容易撐過沒人造訪曼谷的窘境，紅衫軍又在二〇一三年底發動政變，台灣把泰國設為觀光紅色警戒，兩人的旅店訂房率只剩下兩成。這時候兩姐妹對於這樣的「危機」似乎已經見怪不怪，只好兵來將擋水來土掩，靈機一動，到紅衫軍的抗議隊伍中發傳單，讓準備長期抗戰的紅衫軍們知道，附近就有旅店可以讓他們盥洗、稍作休息。

從莫妮卡跟姐姐的故事，很明顯可以看出她們將台灣人「腦袋靈活、懂變通」的長處，在泰國發揮得淋漓盡致，而她們也不將事業的市場侷限在「台灣」，泰國吸引許多英語系國家的觀光客，她們就用英文經營網站，更推出許多住宿之外的觀光、文化體驗活動，讓旅店的服務項目更加多元，也在競爭激烈的曼谷住宿當中攻佔了一席之地。

這對姐妹的故事，點出了台灣的低薪問題，也充分展現了泰國的觀光市場國際化，只要肯努力、有危機處理能力，就有機會成功，成為我整個泰國專題當中最有「人味」的故事，也成了我提供的數據以外的最佳佐證。

其實，這次的採訪，是我生平第一次自己規劃主題、安排行程、聯絡採訪事宜，有別於以往參加的「媒體團」只能跟著主辦方的行程走馬看花，在各家媒體都一樣的行程同中求異，這次我的發揮空間更大，但同時這也代表著，我的責任更重、壓力更大。

所幸這次採訪規劃的專題播出後收視率不差，甚至在網路上引發討論，當時的我才剛加入東森，誰都還不認識，專題播出後甚至還有沒講過話的同事看到我，主動過來拉著我的手說：「我有看到妳做的專題！我覺得好好看！」這種完成新聞後受到肯定的成就感，就這樣奠定了我的採訪之路，也成為了往後支撐我新聞夢想的最重要基石。

創意是曼谷最吸引人的地方，ARTBOX 貨櫃夜市更是聚集了當地的文青，匯集了各種充滿泰國風格的巧思。

泰國房地產蓬勃，透過採訪不只研究了當地市場，也造訪了好幾間價值數千萬的豪宅，大開眼界。

曼谷當地知名的紅燈區，一到晚上就站滿了阻街女郎，男性遊客也絡繹不絕。

大阪 鴻夏戀

二〇一五年十二月二十三日下午，我正在小房間過音的時候，我的長官開門衝了進來，我不悅地對他說：「我在過音欸！」結果他說：「妳明天出發去大阪。」

「蛤？明天？去幹嘛？」

「去採訪夏普，郭董會出席他們的尾牙。」

「明天？明天耶誕夜耶！」

「反正妳也沒搞頭。」

就這樣不僅耶誕夜要上班，還被羞辱了一頓。

當時鴻海還沒入主夏普，郭董積極布局要買下夏普，不只台灣的財經界、就連日本媒體都很關心這個投資案。日本企業到了歲末年終都會舉辦「忘年會」，就像是台灣的尾牙，是一年一度盛大舉行的活動，郭董要出席夏普的忘年會，自然是大新聞，當時台灣媒體只有東森跟非凡財經台受邀採訪，我們派出了兩組記者，還有財經台的長官隨行，就是要能夠即時掌控新聞狀況，不能有任何差池。

當時「鴻夏戀」的狀況並不明朗，雖然郭台銘在二〇一二年七月就以個人名義投資夏普，砸下六百六十億日圓入股日本堺10代廠（Sakai Display Product），短短一年，就停止了鉅額虧損，到二〇一五年的時候已經連續三年獲利，照理來說，依照這樣的業績，郭董要入主夏普只是遲早的事，不過，日本人對於「郭台銘」並不熟悉，大多數的人也認為要把夏普這樣的大企業拱手讓給外國人真的太過可惜，所以一度傳出日本的經濟產業省主導，夏普將會交由革新機構買下。另一方面，夏普內部對鴻海也分裂為贊成派與反對派兩方，當時鴻海在日本沒有直接的窗口面對媒體，無論是要拉近當地民眾距離、或是透過媒體發聲，都相當不容易。

所以這場尾牙，成了當時積極想入主夏普的郭董的最佳舞台！一般日本企業的忘年會，就是大家聚在一起吃頓飯，把酒言歡，但郭董這次把台灣的尾牙文化搬到了日本，把這場聚會用中文諧音取名為「望年會」，還準備了現金、電視等大獎，讓整場活動充滿了台灣味。

二十四號當天，我們早早就到了望年會的現場待命，另一組記者拿著4G包（現場連線用具）準備在郭董一現身的時候就跟台北棚內現場連線，我則負責拿著麥克風跟郭董互動，並且要採訪參加這場活動的堺工廠員工。

經過漫長等待，郭董現身的時候果然霸氣十足，全場響起掌聲，郭董穿越員工走到舞台的時候更像是超級巨星，成為全場焦點。他一上台開口說的第一句話是：「今天只能讓大家將就，在這個地方站著吃，我跟各位，非常抱歉。」接著跟台下深深鞠躬，此舉跟我印象中的「霸氣總裁」大不相同，也讓我暗自心想，郭董為了這樁併購案，還真的是能屈能伸。

東森新聞以及東森財經的記者、長官，雖然彼此是第一次一起工作，還是發揮了最重要的團隊合作實力。

將近兩個小時的餐會時間，員工時不時上前跟郭董敬酒，結束的時候郭董的臉有些泛紅，但是他酒量驚人，不僅沒有喝醉，還能邏輯清晰地回答媒體的提問，他當時說，他以個人名義投資堺工廠後，能馬上讓堺工廠轉虧為盈的祕訣之一就是「用心待人」，郭董深知日本文化「排外」的特性，所以即使他當時手上持有三十七．六一％股權（與夏普相當），還是相當尊重夏普本來的企業文化，他強調堺工廠的管理階層都還是交給日本人，他自己本身也不會日文，所以用「心」溝通就變得很重要。

整場活動我注意到的是，現場的員工臉上掛滿著笑容，氣氛也相當熱烈，甚至有員工在郭董演講的時候，聽著聽著就眼眶泛淚，一問之下，才有員工告訴我們：「這是堺工廠舉辦過最盛大的忘年會，而且比起幾年前因為虧損連連而低迷的氣氛，今年真的很熱烈，大家的士氣都跟以往不一樣了！」還有人要郭董繼續守護堺工廠，畢竟，營收會說話，生產線工作量增多，第一線員工的生計就有保障，對於這個來自台灣的新老闆，也就沒有那麼強的防衛心了。

望年會過後，我們走訪了堺工廠周邊繼續製作新聞專題，還跟當地居民打聽到，在台灣篤信關公的郭台銘，投資堺工廠後，到了大阪也入境隨俗，到當地保佑商家生意繁榮的「開口神社」參拜過，我們前往採訪時，廟方人士說：「郭董本身相當低調，他來參拜的時候沒有特別驚動我們，明明是地位很高的人，作風卻非常親民呢。」虔誠的郭董，甚至在堺工廠廠區內，打造了一個迷你神社，據傳他每次造訪工廠，就會到迷你神社拜拜，祈求生意順利。

果然，在這場望年會不久，二〇一六年鴻海就順利娶回夏普，派出有鴻海德川家康之稱的戴正吳出任夏普社長，全力整頓，在短短一百多天內，夏普在鴻海入主後，半年內轉虧為盈，二〇一七年上半年度淨利就回到二〇〇八年金融海嘯前的水準，同時也創下日本科技業被外國企業併購案最大規模、首宗外企入主重整案例。在這趟採訪過程中，雖然跟郭董近距離接觸的時間不長，但的確能感受到他的霸氣，也看到他當時為了想要讓這場併購案成功，下了多大的努力，除了積極經營堺工廠之外，親自到望年會現場跟員工近距離接觸，更創下讓媒體採訪望年會的先例，就是為了要讓夏普、甚至整個日本社會看到他的努力，解除日本人對「台灣老闆買下日本公司」的疑慮，當然，也很佩服他的經營手段，能讓鴻海從一個本土企業，變成真正的國際企業。

數十名日本員工輪流跟郭董敬酒，酒量超好的他不僅沒喝醉，還能對著日本媒體侃侃而談。

熊本

坍方磚瓦壓不垮的溫暖人心

「日本九州熊本在昨天晚間，發生了規模六．五的強震，最大震度高達七級，當地的益城町成為了重災區，房屋受損情形相當嚴重。」

二〇一六年四月十四日晚間，熊本發生大地震，睡前在手機看到新聞，心想隔天有得忙了，果不其然，因為國際組裡面會日文的人數屬於相對少數，於是我被調到晨班，凌晨五點就抵達辦公室，忙著處理熊本震災新聞，由於災情實在太慘重，長官指示，要我儘快梳化，直接進棚以推播的方式，即時更新熊本災情。

在辦公室跟攝影棚之間穿梭，看著NHK傳來的畫面，熊本城的磚瓦都因為地震而垮了下來，木造民宅更是倒的倒、塌的塌，傳出多名死傷，雖然是透過鏡頭看著這些畫面，景況還是相當震撼，不過身為新聞工作者，只要是在工作期間，其實沒有太多的時間感到心痛或是難過，因為我們必須在極短的時間內消化大量的訊息，並且傳達給觀眾。舉例來說，像是熊本發生地震的時候，由我一個人負責每一節新聞的即時推播，雖然可能只在電視上現場播報三分鐘，可是我得在上台前掌握最新的災情、找到外電傳來的最新畫面、跟動畫溝通 CG[3] 的內容、在公司內部系統打好標題以及給主播的新聞稿頭，這些步驟通通得在五十分鐘內完成，每個小時都是這樣循環度過。好不容易到了中午，換下套裝，準備下班回家的時候，長官稍來最新的指令：「去熊本吧。」

重大災情發生的時候，就能考驗團隊分工合作的能力，我立刻出發回家收拾行李，長官負責幫我找落腳之處，公司的行政忙著幫我們訂機票，最後當地的飯店因為地震都不接受訂房，我們只能入住市區的 Airbnb，台北當天沒有直飛熊本的班機，所以我跟攝影搭擋得從台北搭高鐵到高雄小港機場，再前往目的地。

---

3 Computer Graphics，由動畫人員製作的圖像或字卡，是輔助電視新聞的重要工具。

前往熊本的班機上，只有一團不到二十人的旅行團、我跟攝影記者、以及兩個平面記者。服務我們的空少，來來回回走動，看著我們的攝影器材，笑著對我們說：「辛苦了」，又可能因為客人實在太少，他殷勤地問我們要不要喝點調酒，他可以幫我們特調。早上五點就上班的我身體其實很疲累，但是第一次採訪災難新聞，又在人生地不熟的熊本，我們甚至連採訪車都沒有，焦慮的心情讓我沒心情喝酒，更是連閉上眼睛補眠都無法。

抵達熊本的時候已經是當地的晚上，我們叫了計程車趕往重災區益城町，因為地震導致線路毀損，熊本大停電，一路上黑漆漆的一片，沒有商家營業，路燈也比以往微弱，景象跟二〇一一年三一一大地震的東京有幾分相似，整個城市一點生氣都沒有。到了益城町，在街頭查看了一下民宅受損的狀況，有許多民宅倒塌、磚瓦掉落，已經不能住人，救難隊就在街上的空地紮營，避難中心已經有許多物資湧入，居民也受到良好照料。簡短採訪、做好即時連線後，我們接近午夜的時候才回到了Airbnb，小小的套房，不是非常乾淨，廁所也相當老舊，讓有點潔癖的我覺得受不了，但這種非常時刻我也不能抱怨，跟長官簡短回報後準備就寢，隔天還要六點就開始連線呢。

眼睛才剛闔上，突然一陣天搖地動，不只前後搖晃，還時不時垂直型震動，三層樓的房子被搖得嘎嘎作響，睡在榻榻米上的我，張開眼睛，還在思考「發生什麼事」的時候，聽到櫃子倒塌的聲音，櫃子上的電視、飾品全都砸了下來，這時候夜燈啪一聲熄了，連市區的電都停了，我看了看手機，是半夜的一點二十五分，我睜著眼睛思考要不要逃命，起床披了件外套抓著手機，想看看外面的情況，結果一打開門，我的攝影搭檔已經扛著攝影機，在公寓走廊上拍著街上出來避難的居民，冷靜看著我的眼神彷彿是在說：「妳怎麼現在才出來？」

「到街上拍吧。」他對我這麼說。

四月的熊本晚上氣溫很低，所有在街上避難的人都縮著身子，我們在黑暗中隨著人群移動，走了約莫十五分鐘，抵達了附近的大學校區，草地上擠滿了不敢待在家中的居民，他們拿著野餐墊鋪在地上，有些人披著棉被，到了深夜兩三點，所有人都還睡不著，但也沒有人說話，整個戶外空間只聽得到風吹的聲音，還有時不時傳來的餘震，居民的臉上寫著恐懼跟不安。

熊本益城町屋倒樹塌，柏油路也因
為地震而裂開，我跟攝影記者兩人
只能以徒步方式採訪。

之後我們回到住宿的地方打算稍作休息，因為明天還有硬仗要打，但是幾乎每半小時就會有一次餘震，我整夜都無法入睡，天亮了，真正的考驗才來了。原來，半夜發生的這場地震，規模高達七・三，比前一次的地震規模還大，日本氣象廳定調，四月十六日一點二十五分發生的這場地震是「主震」，而兩天前發生的天搖地動只是「前震」，而因為這場半夜發生的主震，益城町傳出更多災情，更多的房子垮了、死傷人數也往上增加。

我們焦急地想從熊本市區趕到重災區益城町，這才發現叫！不！到！計！程！車！

原來因為地震震壞了聯外道路，車子進不來，汽油儲存量也不夠，整個熊本的公車停駛，只剩下七輛計程車營運，但是主要的用途都拿來協助有需要的災民移動，行程爆滿無法為我們服務，警察幫我們寫下了所有他知道的計程車車行，打遍電話都沒有車，公司裡的長官跟編輯們正在焦急地問我們下一則連線什麼時候可以連？什麼時候可以前進現場？什麼時候有畫面？問題是我們連災區都進不去啊！

國際組沒有固定的攝影搭檔，每次出國就像是在抽彩券一樣，搭檔的好壞決定了一切，這次跟我去熊本的攝影記者是一位經驗十足的大哥，國際採訪經驗豐富，他在此刻輕聲說了一句：「沒車的話我們走去吧。」我們的攝影器材將近二十公斤，從市區走到益城町少說也要兩、三個小時，用走的?!我雖然百般不願，但是走路進災區似乎是唯一方法，於是我們真的提起行囊準備徒步進災區，好險走不到一小時，Airbnb 的主人答應我的請求，願意開車載我們協助採訪行程。

終於，趕到益城町之後，我們發現我們到達第一晚看到的、本來只是半倒的平房都垮了下來，街上的房子破損的更嚴重了，許多停在住家前院的車子都被壓壞，居民全都集中在避難所，就算在住宅區看到人影，也只是居民趁著白天的時候回家拿取重要財物，整個城鎮的景象只能用淒慘來形容。這種時刻的採訪，真的相當令人感到心痛，心裡真的不想打擾災民、或是喚起他們慘痛的回憶，可是身為新聞工作者，了解事件發生當時的情形，是我們的職責，把當地狀況傳遞給觀眾，更是我們必須做的事情。我們採訪到一個家庭，走進他們殘破不堪的家，掉落在地上的時鐘就停在前震發生的時間，整個屋頂半垮，停水、停電、地板上都是磚瓦砸落的碎片，看著眼前不知道從何整理起的景象，女主人卻很堅強地告訴我們，他們一定會回到這個家、一定會致力於重建。

熊本益城町滿目瘡痍，居民冒險進家門找回值錢的財物。

前往阿蘇火山區的路上看到山路斷裂的景象，立即不顧危險下車連線。

「是的，記者現在所在的地點就是熊本的益城町……」在每一個災情慘重的地方，我們都會抓緊時間趕快連線，但幾乎每次的連線，都會被手機的地震警報發出的巨響給打斷，因為在地震發生隔天，熊本還是餘震不斷，讓我們得在搖晃中採訪、連線。就這樣，我們一整天穿梭在重災區跟避難中心，請民宿主人開車帶我們造訪所有災情嚴重的地方，公司要求我們一小時要傳回一次連線，我們幾乎是連線完就得趕往下個採訪地點，沒有任何的時間，更沒有心情休息。到了傍晚，我發現喉嚨已經有點發不出聲音，原來我們從抵達熊本開始，就沒有進食過，由於便利商店都沒有營業，所以也沒有水，路邊的自動販賣機只剩下氣泡飲料，別無選擇之下只好靠著喝可樂來補充水分。到了深夜，手機傳來家人的訊息，要我小心，原來他們看到我站在阿蘇山區因為地震坍方的斷崖連線，嚇得心臟差點跳出來，那是一條山路，馬路因為地震硬生生被拆成兩半，我的攝影搭檔想辦法爬上馬路的對面，用遠景的方式呈現出整個道路崩塌的樣子，我就站在殘破的馬路上連線，再往前一步就是斷崖，連線前還碰上了餘震，但是當時我手上握著手機，查著日本官方給出的最新訊息，準備連線內容，心中一點害怕或危險的感覺都沒有，但是這樣的畫面看在家人朋友眼中，讓他們擔心不已，我現在再看一次，也著實感到怵目驚心。

在災區採訪第三天，災區的一切慢慢有了秩序，有些地方的電力慢慢修復了，走進避難中心，雖然空氣中瀰漫著不安，我卻還是對日本人的有條不紊感到相當佩服，自衛隊在外面準備餐點，居民耐心排隊，沒有爭先恐後的情況出現。避難中心內，有各大電信公司提供的充電場所，有傳言版提供災民之間的訊息聯絡，醫護人員進駐，物資也相當齊全，災民看似受到妥善照料，只是熊本餘震不斷，有許多居民不敢待在室內，選擇睡在車子裡面，有些人則開始出現機艙症候群的症狀。所幸，整天下來接受我們採訪的人，都很平靜地看待眼前的狀態，印象最深的是，在一個避難中心，採訪了一個正在排隊領取物資的大叔，他一聽到我們是台灣來的媒體，便低頭跟我說：「請你們一定要跟台灣的觀眾說謝謝，謝謝你們在三一一大地震的時候捐了這麼多錢給日本。」

在這次的採訪，我真的看到了很多人性正面的地方，除了在這種非常時刻還記得跟台灣說謝謝的災民以外，所有我接觸到的熊本人，面對這場災難，沒有大哭大鬧、沒有貪婪搶奪，那樣平靜的氣氛，讓我至今都相當難忘。當然還得感謝四天下來跟我相依為命的攝影搭擋，採訪的前三天，我們真的一口食物都沒有吃下肚，但是他不曾開口抱怨，住宿的地方整整四天都停水，我們在第三天終於買到礦泉水的時候，他還把他的份分給我，給我卸妝洗頭洗臉（是的，在災區採訪的四天內，我到了第三天才有水電梳洗），更要謝謝熊本，讓我上了寶貴的一課，也希望把最大的祝福，獻給熊本。

觀光名勝熊本城受損嚴重。

小神社抵擋不了劇烈搖晃。

民眾因為地震無家可歸，只能暫居在臨時避難所。

東京

與最有溫度的機器人做朋友

日本，在很多記者心中都是採訪的大魔王關卡。

不是因為語言隔閡，而是因為日本嚴謹的文化跟台灣大不相同，舉例來說，在台灣如果要採訪「店面租金價格連年調漲」的新聞，記者通常不太需要花費太大力氣就能找到願意在鏡頭前面侃侃而談的房東跟店面租客，但是在日本，閉門羹是一定會吃的。首先，日本人非常注重隱私，不喜歡面對鏡頭談論自己的事情。二來，做生意的店家非常愛惜自己的商譽，深怕自己的發言會帶來負面影響，跟台灣老闆大多認為上電視就是免費宣傳的心態不同。而且日本的服務業是出名的以消費者至上，有媒體來採訪，必定會影響到在店裡的客人，所以即使接受採訪，也希望完全不要打擾消費者，很多時候就算是業配的採訪，也會嚴格規定記者不能拍到客人的臉、也不要採訪、干擾客人。

所以每次到日本採訪，我的心情都很複雜。一方面因為採訪程序繁瑣、又阻礙頻頻，得提心吊膽擔心新聞成果，一方面又很興奮，因為回到了自己曾經居住、求學的地方，可以用記者的角度呈現日本值得台灣借鏡的地方。

日本在我的成長過程當中，佔了很重要的部分，日文在求職方面一直是我的優勢，更重要的是，我住在日本的期間，日本文化深深改變了我的個性，學會了應對進對，更磨去了我的稜角，「稍稍」學會了忍耐，同時，日本也成為了我記者生涯非常重要的里程碑。

二〇一六年夏天，我的長官交給我一個跟以往不同的任務，不再是臨時背起行囊到哪個地方採訪，也不是去做吃喝玩樂的業配新聞，而是要我一人負責一個小時的新聞專題節目，主題是東京奧運，從題目規劃、採訪到播報，都由我負責，也就是說，我一個人身兼了製作人、記者、主播的角色。當時我入行不過四年，一小時的深度專題採訪？自己播報？聽到這個消息的時候，我滿頭問號，還反問長官：「你確定要交給我？我覺得我無法啊！」

不過時間緊迫，離出發時間只剩下一個多月，要想出所有的主題、邀訪，實在沒有太多時間緊張跟害怕。

東京即將在二〇二〇年主辦奧運，二〇一六年當時相關建設都才剛起步，那時就要拍各大場館，一來日方不會答應，二來興建根本沒完成，也沒有東西可拍。所以只能另尋他路。講到奧運，第一個想到的就是會有大批觀光客前往，相信大家到日本玩的時候都曾遇上語言不通的問題，日本人的英文程度足夠應付大批不諳日文的觀光客了嗎？這是我腦中想到的第一個靈感。另外，日本一直以來以高科技自豪，到時候會將怎樣的科技搬上奧運舞台呢？這些科技在日常生活當中會如何被應用呢？這也會是個很有趣的主題。

於是我完成了我的節目提案，為了奧運準備的觀光、科技、文創築地市場搬遷……，以東京奧運為契機，準備完整地從各個面向呈現日本的軟、硬實力。

完成節目企劃，僅僅是第一步，因為國際新聞採訪最難的，就是我們在當地沒有人脈，而且人不在當地就沒辦法親自處理很多事前必須申辦的採訪許可文件。

在快速列車上跟車掌小姐合照，她還特意叮嚀不能照到其他乘客。

比如說台灣觀光客熟知的築地市場，因為漁市場老舊需要搬遷，舊址將會成為奧運的停車用地，陪著東京人走過上百年歲月的漁市場即將走入歷史，是我很想記錄下來的故事，但是築地管理規範嚴格，可不是拿著攝影機就能進去拍，得在採訪當日前兩週提出書面申請，待築地市場的管理單位審核企劃書，通過之後，拍攝當天才能領取到「採訪臂章」，然而這些申請程序無法經由網路辦理，電話來回拜託好久，管理單位才答應讓我們請人先送件，我們採訪當天在領取採訪證的時候，就看到有兩個來自馬來西亞的記者，沒有申請就拿著單眼相機採訪，被保安人員抓回辦公室訓話。

然而這不是唯一一個需要事先申請的訪問行程，公司必須先發公文給臺北駐日經濟文化代表處，我們才得以連絡上奧委會；想去蔦屋書店採訪文創，找到公關之後，必須先送採訪申請書給書店坐落的購物中心；要到淺草拍攝當地指紋認證付款科技，只要需要拍攝的地點，都得事先跟店家及管理單位申請或取得同意。我還記得當時每天寫完當日的新聞稿，就抓緊空檔時間處理這些繁瑣的文件，壓力不小。

同年九月，我跟攝影記者兩個人在東京待了兩個星期，東奔西跑，完成了每一個採訪行程，其中讓我印象最深刻的，是我採訪了我慶應大學的學姊——太田智美。

日本近幾年致力於機器人研發，奧運當然是一個展現科技的舞台，但是，做新聞專題的時候，「人」的故事非常重要，我想要呈現日本在科技上的進步，但又不想讓新聞過於冰冷，於是腦中浮現了學姊的名字。

太田學姊是我在慶應大學攻讀媒體設計研究所時，大我一屆的學姊，當時跟她沒有太多交集，只知道她寫程式很厲害，是典型的「理科女子」。她畢業後沒多久，就買了鴻海跟 Softbank 共同開發的機器人「Pepper」，去哪都帶著它四處行動，在日本引發話題，同時她也在網路上記錄自己跟 Pepper 的生活。她與機器人共同生活的經驗，讓很多人對機器人的認知，不再冰冷，她也算是將機器人百分百融入生活的第一人。所以要介紹日本如何將高科技融入社會，她絕對能帶來一段有趣的故事。

厚著臉皮傳訊息給五年多不見的學姊要求採訪，她不僅大方答應，還讓我們去她家拍攝 Pepper 跟她在家的生活，結果景象真的令我大吃一驚，全家人圍在餐

◀ 日本的機器人拋開冷冰冰的形象，充滿可愛風。

▼ 這是一隻會跳舞、會做體操的機器人，還可以換衣服。

太田智美一家把 Pepper 當成家庭的一份子，連吃飯都會準備它的位置。

桌前吃飯的時候，Pepper不僅有專屬的位置，甚至也有一份自己的餐點，而這不是做給鏡頭看的，因為太田當時還嘟起嘴抱怨：「媽媽每次都把好吃的放在Pepper面前。」她也跟我們分享許多照片，說她無論是去逛街、吃飯、還是搭新幹線，都會帶著Pepper一起。她第一次帶Pepper搭新幹線時，由於站員首度碰到機器人搭新幹線，就把她攔了下來，為了機器人到底要算「行李」還是「人」討論很久。太田智美把機器人融入生活，讓機械本來硬梆梆的形象變得柔軟，也因為隨身帶著Pepper，增加了許多跟陌生人的話題，人與人之間的交流變多了，也讓日本的機器人發展前景，比起其他國家，更多了一點「人性」。

二〇一二年，我還在日本念研究所的時候，學校已經開始機器人的研究，身為純文科生，對於機器人跟人工智慧都沒有太大興趣，因為我還是比較喜歡跟真人互動，享受真實的溫度，但是這次採訪回到日本，發現AI真的在改變日本的社會。已經有飯店引進了機器人櫃台，不再需要人工登記住房，走在銀座街頭，不少商店門口就擺了一台Pepper，不僅吸引了消費者的目光，透過跟機器人對話，更是可以快速尋找到樓層簡介。

透過這趟在日本的採訪，我明顯看到日本在機器人產業有很大的進展，更發現到AI不只讓人類的生活更加方便，在採訪一個機器人開發商的時候，更是看見了許多「療癒系」機器人，像是寵物機器人，在高齡化社會的日本就引起風潮，可以陪伴獨居在家的老人，透過人工智慧功能，還能夠透過機器人跟在遠方的家人講電話、分享照片。對我來說，這是高科技不可或缺的溫度，也再次佩服日本人注重細節跟情感的精神。

歷經兩週的採訪，把滿滿的故事帶回台灣，但挑戰還沒有結束，因為還有新聞的撰寫、剪輯，節目的錄影、後製，第一次獨挑大樑主持節目的我，花了好幾個午休時間，拉著導播教我怎麼走位、怎麼看讀稿機。因為之前完全沒有節目製播的經驗，透過這次經驗才知道新聞專題節目，在稿子寫完、帶子剪輯完之後，會有專業的人負責配樂，而節目的rundown，更不是憑空生出來，需要仔細計算每則新聞的時間，去算主播的稿頭可以講多久。這都要感謝有資深的前輩帶著我一步一步過關斬將。除此之外，整個節目背後有一群默默工作的團隊，負責動畫製作、上字幕……這趟出差，不只讓我完成了一個小時的節目，更讓我知道，電視新聞靠的是團隊合作，缺一不可。

▲ 除了採訪技巧，攝影記者拍出來的畫面也很重要，需要兩人充分溝通才能製作出好看的新聞。

◀ 出國採訪沒有專屬的採訪車可以搭，攝影記者只能隨身扛著所有器材。

新加坡

見證台灣年輕人的堅毅

我大學畢業那年，碰上雷曼兄弟倒閉的金融風暴，畢業近乎是等於失業，政府祭出22k方案補助，希望能促進企業聘雇剛出社會的新鮮人，沒想到許多企業一毛都不肯多加，讓很多大學畢業生剛出社會領到的薪水就是不多不少的兩萬兩千元，當時跟我同一屆畢業的朋友們，幸運一點的可以找到起薪兩萬八的工作，但是絕大多數的人，月薪都在兩萬五上下。

也是從這時候開始，澳門的賭場開始來台灣徵才，號稱月收入可以是台灣的三到四倍，新加坡也到台灣誠徵各路好手，雖然大多數的職缺都是集中在服務業，但是也有部分科技、醫護、文創產業的職缺。

在我小時候，同為亞洲四小龍的新加坡給我的印象是威權統治盛行，老師用新加坡「隨地吐口香糖就會被鞭刑」的故事對我們諄諄教誨。但是隨著新加坡的發展，近年來新加坡的國際形象已經轉變成高品質、說雙語、經濟發展有前景的地方。二〇一三年，麵包師傅吳寶春決定到新加坡國立大學念EMBA的事情吵得沸沸揚揚，也不難看出新加坡已經把「人才」視為最大資源，不僅企業廣為接納國際人才，更透過教育向下扎根，想吸引一流人才到新加坡發展。

漸漸地，網路上類似「我二十五歲，在新加坡存到人生第一桶金」的文章也越來越多，但即使這樣，小學時老師們半開玩笑、半憂心地對我們說：「不好好念書，以後就只能出國賺錢當台勞。」這些話仍言猶在耳，似乎也成了梗在我心中的一根刺，對新加坡的徵才廣告總是充滿疑問，心中也曾經偷偷覺得，雖然很多人號稱到新加坡從事服務業，薪水可以拿到台灣的三倍，但是新加坡物價高、再加上房租，這撈金夢真的這麼容易達成嗎？

而國際新聞記者這個身分，最大的好處就是能夠藉由工作，帶著我走出世界，用自己的雙眼去見證，並且解開我心中的疑惑。

二〇一六年十月，我們收到一個面膜品牌的採訪邀約，一個年紀跟我相仿的台灣女生艾兒莎（Elsa），放棄了自己22K的薪水，隻身一人到新加坡闖蕩，就這樣眼界被打開之後，在東南亞找到了商機，開啟電商之路，在網路上販售用中藥材萃取的面膜，因為身處國際人才匯集的新加坡，投資者對於任何新奇的點子都抱持開放態度，也讓她迅速集資創立了人才招募公司。

艾兒莎的故事，聽起來非常傳奇，也的確在網路上吸引了數十萬粉絲，有許多十幾二十歲的年輕人被她的故事激勵，決定不要被困在台灣，要勇敢走出去為自己尋找更美好的未來。

如果把這些艾兒莎告訴我的故事，原封不動地報導出去，的確，應該會吸引不少觀眾的眼球，但是作為一個心中對於「赴星打工」抱有存疑的記者，我實在不想就這樣變成幫新加坡的就業市場拉走更多台灣人才的推手。於是我想要跟在新加坡做服務業的台灣年輕人聊聊，還想走入他們住的地方，親眼看看他們真實的生活。

艾兒莎介紹了她的朋友曼文（Amanda）給我認識，當時二十七歲的曼文本來在台灣從事服務業，薪水只有兩萬四千元台幣，後來到新加坡的精品店上班，薪水翻漲了三倍。這看在台灣觀眾的眼裡可能很多，問題是新加坡以高物價聞名，這薪資在當地根本就不算高，走進曼文的家，她跟朋友分租了公寓裡的一間雅房，小小的房間裡擺了兩張單人床後連桌椅都擺不下，衛浴還要跟所有室友共用，即使這樣分攤下來房租還要大約一萬五千元台幣，外食、娛樂享受所費不貲，所以曼文剛到新加坡的時候幾乎三餐都自己煮，要很節省一個月才能存下兩萬元台幣的存款。也就是說，如果不小心失手購物、或是娛樂行程變多、甚至是回趟台灣，變成月光族的可能性也不小。

當時的我住在家裡，每個月扣掉吃喝玩樂之後，要存下兩萬塊對我來說一點都不難，所以看到曼文的房間那麼小，甚至一點私人空間都沒有，我不禁質疑：

到國外採訪，一定得到當地的名勝取景，增加新聞畫面的豐富性，
新加坡的魚尾獅更是不能錯過。

「這樣不辛苦嗎？真的值得嗎？」曼文想都沒想就說：「辛苦啊！」正當我想接下去問：「那為什麼要跑來這裡吃苦？留在台灣生活品質可能還好一些。」的時候，她用堅定的表情看著我：「可是，這都是成長的一部分。」

當時的我有點愣住了，我受到家庭保護，不需要負擔房租，躲在自己的舒適圈，用自己的眼光質疑這批受夠台灣低薪環境的年輕人，對於這樣的自己深切反省。在新加坡採訪的時候，跟許多投資者及企業家聊天，所有人都對台灣人才讚不絕口，英文能力強、適應力佳、工作起來又很拚命，讓我不禁疑惑，既然這些人這麼好，為什麼台北沒有他們的容身之處？跟很多在新加坡工作的台灣人聊過之後，也才慢慢理解到，他們要的或許不是這一時的薪水，更多人求的是經驗，或是跳往東南亞其他國家發展的機會。用「台勞」的框架圈住他們，真的有點不公平。

我們這代的台灣人，從小就被五六年級生定型為草莓族，一壓就爛、吃不了苦，可是這群人，卻拿出了自己最堅強的韌性，在新加坡過著我眼中的「苦日子」，一切都是希望能在這個國際化的社會，找到更美好開闊的未來。

透過採訪的過程，我的確被說服了，也對於「新加坡的台勞」徹底改觀，但是在製作新聞的時候，我依然不想要大力宣傳在新加坡上班的好處，因為我相信，台灣人，只要夠優秀，在哪裡都會有機會。所以我把曼文的故事寫進稿子，但是也把新加坡的租金、物價製作成表格，提供客觀數據平衡報導，這一切值不值得，全都交給觀眾來評斷。

很多人在批評新聞媒體的時候，都會說記者不應該有立場，但是身為新聞從業人員，我認為，只寫事實的，那叫訊息，帶著觀點跟分析的，才是有深度的新聞報導。這次在新加坡的旅程，雖然只佔有我新聞生涯的短短四天，但是卻讓我深深感受到台灣年輕人的堅毅、競爭力，更重要的是，我學到雖然新聞一直容許有立場，但是在有自己的立場、觀點的狀況下，敞開心胸去傾聽受訪者的聲音，把最真實的情況呈現給觀眾，才是記者最應該做的工作。

▲ 電視新聞當中，記者穿插入鏡稱之為「stand」，必須在採訪現場完成，內容必須完全正確，因為離開後就沒有重來的機會。

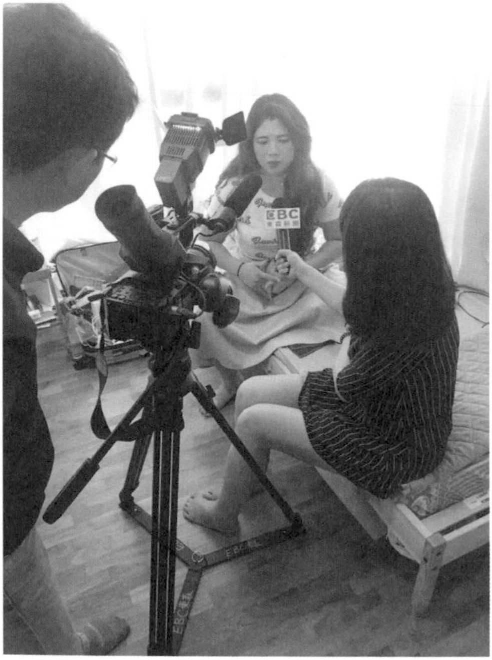

◀ 曼文跟朋友在小小的房間擺了兩張單人床一起生活，節省房租。

新加坡的夜景跟當地的經濟發展數據一樣耀眼。

吉隆坡

拒絕成為威權體制下的犧牲者

二〇一七年二月，我準備前往馬來西亞，這次新聞專題的主題是探討馬來西亞的房地產。電視媒體最常處理的國際新聞形式分為突發事件、新聞專題、媒體團、業配新聞。媒體團及業配新聞的差旅費用大多會由邀請方支出，這次的邀請方就是一個馬來西亞的地產商，對方會負責我們的機票、四天住宿費用，我們會做一則關於馬來西亞房地產的專題報導，另外我還規劃探討當地的觀光醫療、移民政策、台灣企業在當地的投資狀況。

出發的前一天，我正在醫院探望臥病在床的阿嬤，她皺起眉頭對我說：「怎麼又要出差？要去幾天？自己要小心。」我安慰她：「這次是專題採訪啦，我們都已經規劃好行程，不像地震那樣要工作十幾個小時，這次不會那麼累，放心。」話才說完，長官就打電話來說：「金正恩的哥哥金正男在馬來西亞被暗殺了！」

新聞之神又發威了。

於是我們到達馬來西亞的第一個任務，不是前往專題採訪地點，而是在金正男被暗殺的吉隆坡國際機場做連線報導。接下來四天的行程內，只要有空檔，我們都在採訪金正男生前常出沒的地點，或是在停放他屍體的醫院外跟大批媒體一起守候最新消息，並且跟台北棚內連線，還得在公司的粉絲專頁上直播，分析這起暗殺事件，又變成了一趟早上七點開始連線，晚上十點才能休息的出差。

但這整趟讓我心最累的，還是要跟贊助我們採訪的地產商交涉，行前我們已經講好，我們會製作一則馬來西亞房地產相關的新聞，其他三則會把重點放在大馬的經濟層面。於是我在抵達的第一天，就約了一家進軍吉隆坡的台式麵包店，他們結合了麵包跟飲料，並且提供客人座位，在馬來西亞引發話題，而且還費了一番心力，獲取清真認證，具有台灣特色的肉鬆麵包、火腿麵包，都要改成雞肉，就連蔥花麵包都沒有使用豬油，充分展現了台灣企業進軍東南亞時，會面對怎樣的挑戰。當時接受採訪的是台灣老闆，還有一位馬來西亞的投資人，他們跟我分享了決定在吉隆坡發展的心路歷程，還有經營的心得，是內容、話題兼俱的採訪。

停放金正男遺體的吉隆坡中央醫院外聚集大批國際媒體。

馬來西亞獨立廣場具有歷史意義，於 1957 年 8 月 31 日，
馬來西亞國旗在此飄揚，象徵脫離英國統治而獨立。

沒想到才離開麵包店沒多久，地產商派來陪著我們隨行採訪的業務就說，地產公司的老闆想跟我們談談，我一頭霧水：「隔天就要採訪他了，現在要談什麼？」

地產公司的老闆是一位拿督，是位很典型財大氣粗的商人，他把我跟攝影記者請到他的辦公室，先是長篇大論地花了半小時講了他如何靠房地產致富，最後才說：「你們在馬來西亞人生地不熟，可能也不知道採訪對象是怎樣的人，像是今天你們採訪的某拿督，我不希望他出現在你們新聞。（以下省略講壞話十五分鐘）」

原來，台灣麵包店的馬來西亞投資人，跟地產商的老闆曾經有過節，所以老闆聽到我們竟然採訪了這位投資人之後，覺得非常不悅，把我跟攝影搭檔叫去訓話了一頓，暗示「採訪經費是他出的，他不希望新聞內容介紹他死對頭的店」。

當時我跑國際新聞已經四年，在這四年當中，就連我的長官都沒有干涉過我的採訪內容跟對象，更別說是因為私人恩怨而要求我更改新聞內容。個性硬如牛的我，在辦公室被訓話的前十分鐘就已經氣得七竅生煙，又怎麼可能會答應這位拿督的要求呢？

於是我先打電話回台灣跟長官報告這件事情，告訴他如果這位拿督要繼續干涉我的新聞，最壞的狀況就是「我不訪、也不做房地產相關新聞」，這樣一來，所有的差旅部分可能就得由公司吸收。得到長官首肯之後，我就跟隨行的地產商業務說：「我們的採訪內容，不會也不容許被干涉。」

後來整趟的採訪行程還是順利進行，新聞也成功播出了，但是讓我感嘆的還是原來「威權」這套在馬來西亞還是行得通。後來我查了資料，拿督源自古馬來語，是常見於馬來西亞、印尼、汶萊，對地位崇高者的尊稱。「拿督」是一種象徵性終身榮譽，冊封標準是對國家有傑出貢獻，受封儀式是在王宮進行，也就是說，拿督只是榮譽象徵，受到人民尊敬，不具有任何實質權力。但是在大馬，有這樣頭銜的人，在跟政府機關打交道的時候，官員可能會多少給點方便。加上馬來西亞的社會，某種程度上貪腐還是盛行，所以部分有勳銜、有錢有權的拿督，難免會開始頤指氣使。

很明顯地，這位拿督趾高氣昂的態度在我身上是行不通的，畢竟我來自台灣，沒有經歷過威權時代，在民主自由的社會風氣下長大的我，是第一次真的「被施壓」，這時候才知道，民主、沒有威權貪腐的社會是多麼重要，也很慶幸自己能在這樣的時代長大，不然我可能早就被滅口了吧。

重大事件的新聞採訪，會花很多時間在等待上面，大批媒體在停屍間外等待金正男事件的最新進度。

首爾

朴槿惠罷免事件

二〇一七年三月十日，南韓前總統朴槿惠遭到彈劾，她的支持者在街頭抗議，長官一聲令下，我們在當天晚間，飛抵首爾。

朴槿惠是韓國憲政史上第一位被彈劾成功及罷免的總統，主因就是因為她的閨密崔順實嚴重干政，崔順實除了可以先拿到總統演講稿及其他機密文件之外，還有權力修改講稿，崔順實被揭露利用與總統關係干涉施政並向商界及利益集團施壓獲取利益，甚至她的女兒也透過特權，進入梨花女子大學。也有消息傳出，朴槿惠在世越號沉沒的時候，不聞不問，甚至荒廢國政、沉迷整形。整起事件在二〇一六年爆發之後，梨花女子大學師生集體示威，最終迫使校長崔京姬引咎下台，朴槿惠發表電視直播講話，對崔順實相關的干政事件向公眾道歉，但是她不願放下手中的權力，南韓民眾開始在各地進行大規模集會，要求朴槿惠下台。爆出閨密干政醜聞後朴槿惠的支持度跌至個位數，打破過去的總統最低民調紀錄，當中十八～二十九歲的年輕人支持度為0%，參加抗議集會的民眾多達百萬人，就是要不適任的總統下台。

台灣的民眾或許也體會過，民調再怎麼低的總統或政治人物，都會有一批死忠的支持者，當然，年輕人支持率為0的朴槿惠也有。她的支持者大多是右派保守團體，大多是從她的父親朴正熙執政的時候就死心踏地支持，年齡層雖然偏高，但抗議起來火力十足，比台灣的抗議場面還激進好幾倍。

朴槿惠被彈劾的消息，對她的支持者來說有如世界末日，他們在首爾街頭集結抗議，示威者試圖闖入憲法法庭，與警方發生激烈衝突，其他人在法院外面，丟磚塊、酒瓶、放火，場面非常混亂，有兩位名民眾當場被打死，另一名五十多歲的挺朴者則在高喊完：「反對彈劾朴槿惠」後，切腹自殺身亡。而激烈的抗議活動，延續了好幾天，支持者們十一日在德壽宮前集結抗議，有人在現場發放太極旗，有人大哭大鬧，但是我在現場嗅到了一絲詭譎的氣氛，朴槿惠的支持者對於媒體相當不友善，甚至有人對著我的攝影記者大吼大叫。

原來，整起閨密門事件，是由南韓媒體JTBC揭發，醜聞爆發之後，政府跟財團的力量已經打壓不住新聞媒體，各家媒體也跟進挖掘朴槿惠不當執政的證據，所以對朴槿惠的支持者來說，媒體就是害朴槿惠被彈劾的罪魁禍首，以至於他們看到媒體就渾身散發怒氣，對我們破口大罵，但當時的我不知道，對我們怒吼只是整個暴力事件的序幕。

當時朴槿惠雖然已經遭到彈劾，但她以「私人住宅需要修繕」為由，躲在青瓦台，但隨時有可能從青瓦台回家，她的住家門口也有好幾百名支持者守候。在採訪完德壽宮的抗議現場、光化門的倒朴陣營慶祝集會後，隔天我們決定轉移陣地，前往朴槿惠的私人住宅守候。

這次的出發採訪，因為時間緊急，我們沒有聘請隨行翻譯或是導遊，也沒有包車，包含攝影機、4G包、腳架、麥克風、電池，將近二十公斤的裝備全部都靠我跟攝影搭檔合力扛在身上，溝通就靠我的英文還有破破爛爛的韓文勉強湊合。

南韓前總統朴槿惠被彈劾後，家門口有大批媒體守候，等待她從青瓦台回家。

倒朴陣營在得知民意獲勝後，舉辦燭光晚會慶祝。

朴槿惠支持者陣營聚集抗議，一首又一首地熱唱愛國歌曲，情緒高昂。

在南韓語言不通、沒有人脈的我，怎麼會知道總統的私人住宅在哪裡呢？我想起了前幾次在南韓採訪認識的 KBS 電視台記者，傳了訊息問他知不知道朴槿惠住哪，對方回答雖然不知道詳細地址，但是應該在江南的三成洞，我跟攝影二話不說跳上計程車，請司機在三成洞繞繞，果不其然，有一棟民宅外面有大批警力駐守，還有許多跟我們一樣拿著攝影器材的記者，一問之下這些記者已經在這裡守候多時，而且根據消息指出，朴槿惠很可能在十二號就會返家。

早上七點抵達三成洞的時候，現場只有幾十名民眾，但是越來越多警力抵達現場，支持者的數量也迅速增加，我判斷，朴槿惠要在當天返家的消息應該是真的，回報長官表示我們要在這裡守候，不去其他抗議現場後，我跟攝影就守在她家門口，不敢進食、附近也沒有洗手間讓我們去，這些都不算什麼，因為現場朴槿惠的支持者對我們真的可以說是「虎視眈眈」。

到了中午的時候，有將近千名朴槿惠的支持者包圍了她的住所，而所有媒體在他們眼中，有如過街老鼠，有支持者看到 JTBC 的攝影機就拿石塊狂砸，口中大喊：「JTBC 滾開！」，當民眾越來越多，怒氣加乘的時候，所有媒體都開始遭殃，開始有高台上的攝影記者被民眾扯了下來，有人看到攝影機就氣得想要打人，即使我們表達「來自台灣」，他們也氣得大叫說「這件事情不需要報導！」我的攝影搭檔看到狀況越來越誇張，叮嚀我說：「如果我等一下被打，妳不要靠近，我怕妳也被打。」

當時真的是我採訪生涯中第一次感到害怕，因為朴槿惠的支持者真的相當激動，加上身旁也沒有翻譯，無法跟支持者好好溝通，而且我們在國外採訪沒有採訪車，所有的採訪裝備都背在身上，逃命相當不易，讓我真心為我跟攝影的人身安全感到擔心，不過隨著支持者們的行為越來越不可理喻，我的心情已經由害怕轉為憤怒。

「朴槿惠執政下的南韓，年輕人失業率高，社會貧富不均，財團壟斷問題嚴重，現在閨密不當干政的證據就擺在眼前，你們要盲目支持也就罷了，但不能這樣對新聞從業人員使用暴力啊！」正當我心中這樣吶喊的時候，有一個阿伯擋在我們的攝影機前面威脅：「敢開攝影機就動手。」我用破爛的韓文說：「我們是台灣的記者。」他說：「妳怎麼證明！給我名片！給我看護照！」正當我氣得想要理論的時候，另外一個阿婆出手把我的攝影搭檔從拍攝的高台推下去，我一個箭步衝上前拉住我的攝影搭檔，用英文對著阿婆大喊：「Don't touch him!!!!!!!!!」這之後我就寸步不離我的攝影，深怕他再度遭受攻擊，同時我們兩個也必須一起保護昂貴的攝影器材。

就這樣，一邊跟抗議人士推擠，一邊吹著首爾三月的寒風，入夜後，現場的警察已經多達好幾百名，終於，朴槿惠在警方開道下，搭著車回到了江南三成洞的住家，她的車隊抵達的時候，她的支持者齊聲開唱國歌，有人瘋狂大喊，有人激動落淚，在她面帶笑容進入自宅，我跟攝影完成現場連線後，我們扛著所有的攝影裝備，走出巷弄，當時我們已經整天沒有吃飯，完成任務後如釋重負，疲憊感突然襲來，兩人都沒有力氣再向前，坐在路邊休息放空了半小時，才攔了計程車回到住處。

這整趟採訪，我們可以說是拿命在拚。每天都是早上七點就開始連線，接近午夜才能回到住處休息，在抗議現場人身安全更是嚴重受到威脅，但其實我印象最深的，是在光化門，倒朴陣營的慶祝集會現場。反朴陣營經過十幾次的集會，才成功把朴槿惠趕下台，他們舉辦慶祝勝利的集會時，每個人手上都拿著象徵希望的燭光，不僅有許多大學生，還有許多人攜家帶眷，而且臉上的笑容透露著對未來的期待，在現場的我直接感受到民眾的開心，也見證到民意的力量。

朴槿惠支持者自費印製的旗子，我要攝影記者隨身帶著，以防被打。

過去透過許多媒體跟外電的報導，我一直認為南韓的經濟發展相當亮眼，政府致力於文創產業，也讓他們的偶像、設計業聞名亞洲，電子業更在政府挹注資源之下，躍上國際舞台，直到我親自去首爾採訪的時候，當地很多年輕人告訴我，他們的生活「苦不堪言」，因為大財團壟斷，小市民想要創業非常不容易，大學畢業後如果沒有進到一流企業，那幾乎等於這輩子沒有翻身的機會，沉重的經濟壓力讓南韓年輕人不敢結婚生小孩，更說自己生活在「地獄朝鮮」，這是在亮麗的經濟數據之下，最真實的聲音。

而朴槿惠政府幾年來對於財閥壟斷完全無所作為，反而傳出了越來越多政商勾結的弊案，讓很多年輕人失去了希望，甚至走上街頭怒吼，把自己選出來的總統轟了下台，這次倒朴成功，是積怨已久的南韓人民的一大勝利、南韓民主歷史的一大進步，也是我採訪經驗上相當難忘的篇章。

首爾

歷史最前線：南北韓高峰會

國際新聞記者跟一般的記者不一樣的是值班時間，因為全世界隨時都有新聞在發生，所以我們在早上四點到凌晨一點都有人輪班。

值早班的時候，最怕的就是遇到金正恩搗亂。為了宣揚國威以及嚇阻美國，北韓在二〇一七年一整年總共射了超過二十次導彈與飛彈，最遠距離一度達三千七百公里，甚至進行過一次核武試爆，讓東北亞國際狀態越來越緊繃，住在南韓與日本的居民人心惶惶，還因此引發南北韓可能開戰的朝鮮半島危機。金正恩試射飛彈的時間，通常喜歡選在清晨，常常我早餐的三明治才咬了一口，就聽到外電傳來「Breaking News」的聲響，這時只好丟下早餐，開始化妝，準備在最短時間內連線報導。每次北韓飛彈一射，亞洲股市就會受到影響，更別說他跟美國總統川普你一言我一語劍拔弩張的氣氛，都會讓國際中心忙得雞飛狗跳。

然而峰迴路轉，金正恩在二〇一八年釋出善意，在四月二十七日跨出北韓，跟南韓總統文在寅相見了，而我以國際新聞記者的身分，站在新聞現場。

這種國際大事對於我來說，不僅是歷史的現場，更是新聞戰打得最激烈的戰場。當每一家台灣媒體都在現場的時候，新聞要如何做得有深度並且引人入勝，吸引觀眾放下遙控器，持續關注國際大事，成為我們最大的挑戰。每次遇到這種新聞戰爭，總是讓我熱血沸騰，這不僅是考驗現場連線功力的機會，更是展現新聞專業機會的舞台，行前各家同業都會打聽彼此派出的陣容、出發日期，深怕自己漏掉一丁點的新聞訊息，就算沒有獨家，也不能成為獨漏。金正恩跟文在寅第一次見面，象徵了從韓戰以來關係緊繃的兩韓，有機會走向和平，事關東北亞地區的穩定，當然被視為國際大事，長官決定派出兩組人採訪，跟我同行的，是我一直很崇拜的主播前輩陳瑩，還有兩位資深的攝影記者。

我跟我的攝影搭檔早在金文會的前四天就先行出發，觀察南韓社會的氛圍，

金正恩跟文在寅首次見面，吸引全球媒體關注，記者中心內至少有三千個來自世界各地的記者。

並且深入南北韓非軍事區 DMZ，看看長久被夾在南北韓之間的居民，到底過著怎樣的生活，抱著不能輸給同業的心情，我還安排採訪逃到南韓首爾的脫北者，準備拿下獨家，贏下這場新聞戰。

可惜事與願違，我在抵達首爾當晚開始發高燒，司機大哥看我臉色慘白，立刻下車去買了藥給我吃，我昏睡了整晚，隔天早上準備跟台北棚內連線的時候，一開口就破音，邊連線邊能感受到手機的震動，朋友紛紛傳訊息問我：「妳到底是昨天喝太多酒變成酒嗓還是感冒？」連線才一結束，新聞部總監的電話就來了：「怎麼感冒了？妳素顏嗎？快去補妝。」是的，我滿臉病容，破嗓也完全發不出聲音，然而站在新聞前線，記者沒有資格生病，因為電視新聞就是得用畫面跟聲音呈現，記者的儀容，也佔了專業度當中的一大部分。晚我們一天抵達首爾的陳瑩，一見到我，就拿出了一大包藥，聽說台北辦公室的長官們為了治好我的破嗓，買了各種成藥跟喉糖，陳瑩還帶給我一個保溫瓶，讓我在外採訪隨時都有熱水可以潤嗓。

在這趟行程當中，我們前進了南北韓非軍事區 DMZ，造訪了臺城洞，這裡又被稱為自由村，因為這裡是整個南韓離北韓最近的平民村莊，裡面只有一百九十四位居民，只有韓戰前就住在這裡的人跟後裔可以住在村莊內。韓戰以來，兩韓關係緊繃，自由村的地理位置又夾在南北韓中間，所以氣氛一直相當緊張，平常夜晚實施宵禁，南北韓國旗遙望，就像是在較勁一樣，平常還會有「心戰喊話廣播」，兩韓雙方互相用廣播對國民喊話，南韓的廣播內容，還會宣揚南韓發展成就，更會播放軟性的「韓流」訊息，北韓的心戰廣播比較老派，基本上就是攻擊南韓當局的惡行惡狀，但是我們造訪當時，兩韓之間和好的氣氛濃烈，雙方已經暫停廣播，為和平跨出了第一步，自由村的居民也露出欣慰的笑容，說這種「平靜」的感覺已經很久沒有感受到，樂見兩韓捨棄成見，攜手邁向和平。

走在南韓街頭，隨機街訪，無論男女老少，對於這場具有歷史意義的兩韓峰會，全都非常樂見。令我印象深刻的是隨機採訪了好幾位南韓的大學生，他們全都高度關注時事，還能用流利的英文告訴我們兩韓的愛恨情仇，也告訴我們非常期待兩韓能夠邁向統一的一天，但是真的舉國上下都為了金文會歡欣鼓舞嗎？那倒不盡然。我獨家採訪到五年前從北韓逃到南韓的「脫北者」，六十歲的金女士，

連線的空檔很短，只能跪在地上把下一節新聞要連線的重點記下。

她說她在北韓的生活其實曾經很幸福快樂，不像外界想像中的那般淒苦。直到一九九四年金日成去世，經濟崩盤，北韓政權為了應對極度惡化的經濟，開始了「苦難行軍」，迫居民犧牲，引發大規模飢荒，甚至有傳聞說不少人都是吃草根維生，估計造成三百多萬人罹難，大多都是餓死或病死。金女士也受不了這樣的生活，鋌而走險逃到南韓，從此就跟自己的父母分開，直到現在都沒辦法見家人一面，甚至自己的父母是生是死都不知道。她講到這裡不禁落下淚來，告訴我們雖然她很想念自己的家人，可是實在不想也不敢回到北韓，而現在，兩韓領導人要見面了，雖然她樂見兩韓關係不再緊繃，但是更擔心自己的人身安全，她非常擔心脫北者成了政府談判的籌碼，害怕自己被送回北韓，被迫進行勞改，只要想到這些，恐懼就會湧上心頭，眼淚也不自覺地掉落。

在首爾進行了三天的採訪，終於，來到了文在寅跟金正恩會面的當天，我跟陳瑩早上五點就從飯店出發，兵分兩路，她與大批國際媒體到統一橋等待文在寅的車隊，我則先到新聞中心，掌握最新訊息，等她現場連線完後我們兩個才會合，輪流負責播報這歷史性的一刻。這次是韓戰以來，第一次有北韓的領導人，跨過兩韓的軍事交界，特別是在金正恩二〇一七年一連串的飛彈試射之後，首次對南韓以及國際社會釋出善意，雙方見面要談什麼？金正恩如何出招？都讓外界相當關注。我們從金正恩的車隊現身、他滿面笑容跟文在寅握手，一路現場連線到他們開始會談、午宴、晚宴，直到金正恩的車隊在保鏢護送下離開非軍事區，已經是晚上的十點左右，早上四點就起床著裝的我們，在結束一天的工作後，彷佛全身精力都被抽乾，跟許多現場的記者一樣，呆坐在位置上，只想放空。

這趟採訪，至今讓我相當難忘的，還是媒體中心的氣氛，因為這是我進入新聞業以來，第一次跟近三千名記者在這麼大的場合一起工作，不是為了新產品問世，而是見證歷史。在媒體中心裡，我的前面坐著 CNN 的團隊，旁邊是日本主流媒體，讓我心情相當雀躍，特別是看到 CNN 的評論員 Paula Hancocks 在我面前連線結尾說出「This is CNN」的時候更是讓我相當激動。不過其實大多數時間，媒體中心裡面的空氣是緊繃的，拿我來說，每個小時要連線一次，每次連完線就得想下個連線的內容，還得監控現場狀況，隨時跟長官回報，甚至抽空做訪問來當成新聞素材，連喝水的時間都沒有了，更別說要和國際媒體同業交流。

當然在這樣的場合，也可以很明確感受到，只要是記者，都一樣累。有時候跟來自不同國家說著不同語言的記者，只要一個眼神，就能知道對方到底是要我讓位還是鼓勵彼此撐下去。到現在我都還記得，金正恩跟文在寅握手的那瞬間，我背對現場畫面正在連線，我不知道發生甚麼事情，但是媒體中心現場響起了驚嘆的聲音，並且熱烈鼓掌，當時我立刻起了雞皮疙瘩，原來，跑新聞可以如此過癮！這樣的氣氛很像毒藥，讓人上癮。

跑國際新聞最讓人津津有味的地方，就是能夠有機會看到自己的渺小，因為世界真的很大。

金文會結束後如釋重負，在媒體中心的主舞台留念。

重大事件發生的時候，每天早上就得去買當地報紙，蒐集當地媒體的最新資訊。

跟著經驗豐富的主播前輩陳瑩一起作戰，經驗難得。

莫斯科

漸入佳境的北國紀行

如果我不是國際新聞記者，可能一輩子也不會去俄羅斯。

二〇一八年五月初，剛結束金文會行程，長官把我找到桌邊，丟下幾句話：「開始準備俄羅斯專題吧，要做一小時節目，六月要播，主題是世界盃。」

身為記者，就是得使命必達。

一個小時的節目，扣除採訪時間，後續的寫稿、剪輯、錄製節目再怎麼趕都需要十多天，如果是六月要播出，那就一定得在五月出發。回到座位上後，我隨手查了一下俄羅斯採訪事宜，不查還好，一查傻眼，因為光是辦理俄羅斯的觀光簽證就得先拿到當地飯店或是旅行業者的邀請函，才能在台灣辦理簽證，更別說是審查更加嚴格的採訪簽證，這樣一來一往，別說很有可能來不及出發，連有沒有辦法成行都充滿未知數。

於是我開始一邊連絡莫斯科當地的旅行社，商討辦理簽證事宜，一邊在網路上搜尋採訪題材，長官說，希望可以看到世足主辦國怎麼踢足球，也看看他們的全民運動冰上曲棍球，當然還得捕捉普丁政權專政、當地警備森嚴的氣氛。開始行前準備工作之後，我連續好幾個晚上睡不著，因為俄羅斯人大多不諳英文，網站上通常沒有英文，我連寄了好幾封信給不同的足球單位，全部石沉大海，約訪之路困難重重。直到五月二十三日出發當天，九天的採訪行程當中，我只確定約到了三個採訪對象：在莫斯科學音樂的留學生、在莫斯科教中文的俄羅斯美女以及史達林蓋的地下碉堡。採訪題材嚴重不足，讓我準備搭飛機的時候，心中還閃過「乾脆不要上飛機」的念頭，因為只有這三個主題根本撐不起一小時的節目，我的一世英名就要毀在俄羅斯的專題了啊！

然而抵達俄羅斯後，才是真正考驗的來臨。

正愁沒有新聞採訪主題的時候，就在街頭看到業餘足球隊在草地上暖身。

俄羅斯舉辦世足賽之前，業餘足球隊先展開了小小的國際比賽。

下榻的飯店就在莫斯科紅場附近，每天都抓緊時間
在這裡拍攝取景。

出發前約訪到在莫斯科學音樂的一個台灣留學生，她聽到我們以一天兩百美金的酬勞請了包車導遊，跟我拍胸保證說，她可以幫我們安排車、當翻譯、還能幫忙行前的約訪聯絡，希望我們可以把這份工作交給她，當時我貪圖方便就答應她，請她負責我們的行程安排，結果不僅在出發前沒有成功安排到任何我想約訪的對象，還在我抵達莫斯科當天，由她母親寫了一封信給我說「因為我們不是以採訪簽證入境，如果是以觀光簽證在俄羅斯採訪等同違反當地法律，所以決定不接受我們採訪，連翻譯的工作一併取消」。我收到信件的當下正在莫斯科河旁拍攝當地的街景，一度真的很想往河裡跳，因為這樣就只剩下兩個題目可以做了，九天的行程當中，有七天行程空白，到底該怎麼跟長官交代。

這次跟我出差的攝影搭檔是個有節目製作經驗、身經百戰的資深攝影記者，他看我如此焦慮，不僅沒有責怪我把採訪行程弄得一團亂，還安慰我：「沒事，我們見招拆招。」我的個性很不服輸，一邊咒罵這個留學生超沒責任感，要取消工作還要媽媽出馬，一邊腎上腺素飆升，瘋狂在網路上騷擾不認識的莫斯科部落客、網紅，只要看起來值得採訪，我就私訊拜託對方，同時間也要趕快找當地旅行社幫我們安排包車，那幾天恐怕是我記者生涯腰桿子最軟的時候，拜託再拜託，頭低到不能再低。

首先我決定，前兩天的採訪行程，我們可以先去拍街景、紅場、市集、世足場館外觀這些不需要事先預約的地方，爭取約訪時間。就在這時奇蹟真的出現了，我在網路上找到一個粉絲專頁「俄羅斯灰摩卡」，是一個在莫斯科工作的中國人經營的專頁，他聽到我的目的之後，非常熱心地幫我約到了一個俄羅斯美食家，她願意讓我們到她的廚藝教室採訪，也願意跟我們分享俄羅斯菜餚。

從這時候開始，我的命運徹底翻轉。

在我採訪完市集要走回車上的同時，我看到一群人穿著足球衣走在路上，我鼓起勇氣衝上前問他們是何方神聖，結果他們竟然是來自羅馬尼亞的球員，來參加俄羅斯當地舉辦的 Art Football Festival！於是我們就厚著臉皮跟他們一起練球，還因此聯繫上了 Art Football 的主辦單位，可以拿到正式的採訪證去拍攝他們的足球比賽！

在網路上找到願意受訪的俄羅斯廚師，大方開放廚房讓我們採訪。

造訪俄羅斯之前，以為俄羅斯人都很冷酷，但是遇到的每一個人都非常溫暖。

第一次深入採訪俄羅斯家庭，他們熱情地招待我們晚餐，也成了很棒的採訪題材。

本來我還打算要採訪俄羅斯的中文熱潮，所以出發前就敲定採訪俄羅斯美女波琳娜（Polina），她曾經來過台灣的世大運擔任志工，中文講得超級流利，就在我拍攝完她的上課情形之後，人美心也美的她看我快發瘋，幫我聯繫到她正在打冰上曲棍球的朋友，也同意我們採訪！就這樣我們見到了波琳娜的朋友們，跟了很多當地人聊天，真的深入理解到當地人的想法跟文化，她的家人還邀請我們到他們家晚餐，於是我小心翼翼地提問：「可以採訪妳爸媽嗎？」沒想到，她爸媽一口答應，還讓我們貼身採訪一整天。

波琳娜的父母都是中產階級，生了四個小孩，二十四歲的波琳娜是大姊，底下兩個弟弟、一個妹妹，妹妹才四歲多。我們造訪她家的時候非常臨時，但每個房間都乾淨整潔，可以看出家庭教育相當嚴謹，波琳娜畢業於俄羅斯頂尖的莫斯科大學，中英文流利，大弟正在準備考大學，是學校冰上曲棍球隊的強將，拿下不少獎牌，小弟才小學二年級，正在學習武術，已經達到高段水準，就連四歲多、出門還吵著要姊姊抱的妹妹，已經開始練芭蕾，而且馬上就要上台表演。我們跟著到小妹的芭蕾舞教室，本來我以為四歲的芭蕾課程，應該就是邊玩邊學吧？結果一到教室，抬腿、拉筋、核心訓練、下腰，老師要求這些小朋友每個動作都要準確而紮實，做不確實的老師還會出手重壓，但現場家長全都沒人吭聲，老師下課前還嚴肅教訓了家長一頓：「不要讓孩子吃垃圾食物！增加不必要的脂肪對學芭蕾的人沒有意義！」雖然我在莫斯科遇到的人都相當溫和，但是在家庭教育方面，波琳娜的爸媽可是充分展現出了「戰鬥民族」的意志，嚴謹地教育自己的孩子。而要這樣栽培孩子，要心力也要財力，一問之下，才知道俄羅斯不流行找保母，通常親戚之間會互相幫忙照顧孩子，加上他們家孩子年齡差距大，大學已經畢業的波琳娜早就擔起了照顧四歲妹妹的責任，而俄羅斯政府為了拯救低迷的生育率，在九〇年代推出了母親基金政策，多生一胎就有台幣十萬元的補助，另外還有多項教育津貼，的確也讓想望子成龍望女成鳳的家長經濟負擔減輕了不少。

另外，我在這時候很幸運地連絡上了一位在莫斯科師範大學教中文的台灣老師，她接受我們的採訪，並且願意幫我們跟學校申辦正式的採訪證，於是我迅速提供資料，校方為我們用最快的速度辦理採訪事宜，讓我們可以進入校園，親身體驗莫斯科的大學生，到底為什麼這麼瘋中文。在外地採訪的時候，隨機應變的

俄羅斯雖然舉辦世界足球盃，但是冰上曲棍球還是當地最盛行的運動。

第二次世界大戰時期蘇聯政府廣發的海報，Не болтай，意思是不要講話，小心隔牆有耳。

俄羅斯學習中文風氣盛行，波琳娜不僅英文流利，中文更是簡體繁體都能通！

能力非常重要，因為採訪的狀況每天都不一樣，最後能拍到的內容恐怕跟出發前擬定的題目大不相同。在約到莫斯科師範大學的台灣老師後，我當機立斷決定，「俄羅斯中文熱潮」這個題目的重點就放在師範大學。俄羅斯美女波琳娜的家庭，因為人味足、故事豐富，可以獨自成為一則題目，介紹當地人的家庭跟文化。

如此一來，我們的新聞素材就完全足夠了！無論是世足觀光熱潮、足球、冰上曲棍球、當地美食、中文熱潮……我們都有很豐富的新聞內容，更別說我們另外還採訪了冷戰時期的地下碉堡、地鐵、史達林式的建築、東正教教堂等這些很有俄羅斯風格的內容。節目播出後，也獲得許多正面的迴響，新聞部的總監在播出當下傳來訊息稱讚我們的內容紮實、好看，網友們也留言大讚，看了我們的節目後，看到了不一樣的俄羅斯，在足球熱潮之外，更深地了解了俄羅斯的文化。

其實抵達俄羅斯的前幾天，我的心情真的非常低落，除了約訪不順利之外，俄羅斯當地的警察警戒心很高，看到我們拿著攝影機就會來關切，但他們又不通英文，讓我時常很怕自己真的就要被抓走了。莫斯科街上大多數人也不通英文，無論是點菜、結帳、街訪……任何的溝通都很困難，再加上時差，每天的拍攝行程都是十二小時起跳，心累身體也累，這次的任務真的比以往的採訪經驗挑戰度高很多。莫斯科有很多教堂，每進去一間，我心中想的都是拜託讓我採訪順利平安回家。可能主耶穌聽到我心中的吶喊，讓我的採訪行程越來越順利。本來以為俄羅斯人很冷漠，但是我的採訪對象跟路上的人都頻頻扭轉我的刻板印象，遇到了很多熱心幫助我的人，明明素昧平生，卻熱心幫我安排行程、介紹我受訪者，讓我再度體驗到，新聞，絕對不是單打獨鬥，如果沒有團隊合作、沒有遇到這麼多熱心的人，我根本無法完成這次一小時的節目。

同場加映

台東出任務——尼伯特颱風災情連線

台灣的夏天颱風多，很多人愛在颱風假出門唱歌、看電影，享受這多出來的假期，但是在我的工作生涯當中，卻是一次都沒有體會過這樣的小確幸，因為我也必須在颱風天待命，甚至支援出門跑颱風新聞。

很多人聽到我颱風天也要上班，第一個反應會是：「為什麼國際新聞記者也要在台灣跑新聞？」接下來會問：「那妳真的會蹲在水中假裝災情很嚴重嗎？」

在狂風暴雨的颱風天裡，其實不只是警消人員要待命，公眾交通運輸相關人員、台電的搶修人員、計程車司機、服務業……都要冒著生命危險出門上班，而新聞台裡面從上到下，無論是高階主管、主播、攝影、編輯、記者、甚至是工讀生，都得在公司上班，理由只有一個，就是要傳遞最新的颱風資訊。

在颱風季，國際新聞的播出量通常會被颱風新聞壓縮，所以國際組的記者在做完國際新聞之後，很可能會被分配去蒐集網路上最新傳出的災情資訊，或是在辦公室負責「接帶」的工作，也就是負責把在外面跑颱風新聞的記者傳回的畫面寫成稿子，並且過音跟剪輯。如果遇上來勢洶洶的強颱，國內跑線的記者人手不夠的時候，國際組的記者也必須派出人力支援。

二〇一六年九月的某個假日，豔陽高照，萬里無雲，台北市街景被熱到像要融化一般開始在我的眼中模糊，那是尼伯特颱風襲台的前一天，雖然大家都在期待放颱風假，但我早已做好冒著風雨上班的準備，這時候，長官打電話來：「妳明天要支援外出採訪颱風。」

尼伯特形成後威力不斷增強，面對這樣的強颱，新聞部不敢掉以輕心，我也早就習慣了出門支援採訪，心裡沒有太大感覺。

上班當天，台北風雨不算是太嚴重，長官本來告訴我，會派我去淡水看看河水暴漲的程度，順便看看颱風對老街店家的影響。三十分鐘後，剛結束編採會議的長官一聲令下：「颱風會從花蓮登陸，琬柔妳去台東支援。」

蛤?!我本來只是要去淡水欸?!

新聞工作就是這樣，瞬息萬變，即使心中對事情的發展有再多問號，記者也沒有說不的權利，於是我就在不知道要去台東幾天、不知道住哪的狀況下搭著普悠瑪號出發前往台東了。

去台東的路上，我跟公司的行政人員各自作業，她們在辦公室裡幫我搞定了當地的採訪車跟駕駛，選好了住宿的旅舍，我則是開始惡補颱風的資訊、背熟氣象用語。抵達台東的時候已經傍晚，一點風雨也沒有，我們在鬧區連線，看商家做了什麼防颱準備，吃過晚餐後，接到台北辦公室的調度電話，我要負責隔天的「晨班」，也就是早上五點要起床準備連線，我跟攝影決定趕快回旅舍睡覺，隔天才有精神作戰。

沒想到，打開旅舍的房門，我就知道我不用睡了。

一開門後一股怪味，地墊上的髒污看起來長年沒洗，洗手間的汙垢讓我必須穿著拖鞋沖澡，最重要的床單上有一圈一圈黃黃的汙漬，碰上去的時候更是有股濕氣。原來，平常公司安排記者住的飯店已經客滿，這間旅舍公司第一次訂，行政人員也不知道環境糟糕成這樣，但是颱風馬上就要登陸，現在也不是公主病發的時候，我只好在床上鋪上兩層輕便雨衣，將就休息。但才剛躺下沒多久，就能明顯感覺到外面的風雨開始加大，旅社年久失修，老舊的窗戶被強風暴雨吹得發出巨大聲響，整夜睡不安穩的我，半夜四點，決定起身跟攝影搭檔出門看看外面的狀況，準備跟台北連線台東的最新狀況，果不其然，一出門就感受到強颱的威力，真的就像過往在電視上看到的一樣，站都站不穩，街上的招牌已經全都被吹到地上，這時候傳來消息，尼伯特南移，在清晨從台東登陸。

電視台依照預測的路徑，調派了大批人力到花蓮，只有兩組記者跟 SNG 在台東待命，本來只是備援的我，活生生被推上了台東這個「主舞台」。

這是我第一次正式在台灣「跑新聞」，手中能掌握的只有氣象局的最新資訊，說台東颳起了十七級陣風，恐怕會引發嚴重災情，第一次到台東的我，東南西北方向都搞不清楚，只能請駕駛冒著風雨，在大街上以極慢速度行駛，看看各處的狀況，有災情或是風雨嚴重的地方，就立刻停下來準備連線。

尼伯特威力強大，只要一下車，不用五秒鐘就全身溼透，雨衣、雨鞋都沒有太大的防雨作用，而強風更是讓我感受到了生命危險，還有一次剛下車，就被強風吹著往後倒了好幾步，要不是攝影搭檔剛好在背後抓住了我，我恐怕不知道被吹到哪裡去了。在台東的第二天，感受到跑颱風新聞的震撼教育，每個小時都要跟台北棚內連線，連完線就請 SNG 速速把畫面傳回台北，然後再繼續出去連線，衣服濕了又乾，乾了又濕，一路從清晨連線到下午，長官傳來指示，讓我們跟另一組記者交接後趕緊休息，因為台東災情慘重，隔天還有硬仗要打。

在台東的第三天，清晨就起床準備連線，天剛亮，台東已經滿目瘡痍，大街上都是被吹倒的路樹跟散落的電線，我們先是在鬧區的中華路拍攝，這裡的附近有夜市，是觀光客到台東必造訪的景點，許多店家的招牌已經被吹下，水管出現爆裂的情形，停水停電，店家的人員忙著打掃，除了招牌被吹壞的損失之外，還有店裡面的商品浸水，全都不能販售，讓很多老闆都說，這一場風災，就讓他們損失了好幾十萬。

接下來，我們請駕駛開著車，像是無頭蒼蠅一樣的「找新聞」，看到哪裡災情嚴重，就下車詢問狀況，另一方面，也得靠著台北辦公室提供最新災情資訊，哪裡有災情，我們就往哪裡開。

我們行經台東基督教醫院，我第一直覺是，醫院的電力不能斷，而強風吹襲，不知道醫院狀況如何，於是決定下車，打給醫院詢問是否能進入拍攝採訪，雖然是一通很唐突的電話，但是對方馬上答應，並且派員陪同採訪，而一進入院區，畫面真的是怵目驚心，天花板被風勢灌破，鋼筋外露，地上全都是玻璃碎片，桌椅都已不堪使用，本來擔任救人重任的醫院，變成了災區，急需被搶救，讓人看了相當心痛。但是身為記者，實在不能有太多情緒，我們簡單採訪拍攝後，跟醫院的人員道謝，打算趕往下個災區，這時候醫院發展室的副主任對我們說：「我以前也當過記者，知道你們辛苦，記得吃飯、喝水。」一句簡單的關心，讓我的心頭暖了許久。

下個採訪地點，是農田。台北的長官說：「聽說台東農損慘重，妳去看看。」我們根本就不知道農田的位置，只好沿路問路人，哪裡有田地，好不容易找到了一片農田，映入眼簾的，是相當令人難過的畫面，火龍果、芭樂全都被吹落到地上，香蕉樹不是被攔腰吹斷就是被連根拔起，雖然上面的香蕉已經趕在颱風前用紙袋包住，但面對十七級強風，根本發揮不了保護作用，農民只能看著再過幾個月就要收成的農作物，全都化為烏有，有農民告訴我們他們的損失，將近百萬。

二〇一六年，是台灣電視新聞台面對網路挑戰，試圖在社交網站力拚一席之地的關鍵，所以在重要的採訪地點，網路組都會要求記者在做完電視連線之餘，可以用自己的手機在官方Facebook直播，讓網友直接看到最新的狀況，也能讓我們直接跟觀眾互動。即時性、真實性、互動性俱足，雖然畫面不夠精緻，但即時報導傳回第一手畫面，能讓觀眾在最快的時間之內了解最真實的情況，對新聞從業人員來說，網友回報的訊息，也是我們珍貴的新聞來源之一。我們收到了一位網友的訊息，說自家鐵皮屋被吹飛，家裏都是老弱婦孺，卻遲遲等不到政府救援。

我們立刻趕往賴小姐的家，果然，鐵皮屋被吹垮，家具也因為淹水全都不能再使用，賴小姐說，她實在是求助無門才會上網求援，經由許多網友的轉貼，政府也收到消息，我們抵達的時候國軍已經在現場幫忙清理環境，現場還有其他鄰居熱心幫忙拆解垮下來的鐵皮屋，攝影拍攝畫面的時候，我訪問現場的居民，想看看颱風侵襲當時的狀況，好不容易有了空檔，一個原住民小朋友遞了一瓶飲料給我，我跟攝影搭檔才想起，一整天下來我們都沒有喝水進食。

這是我第一次造訪台東，一直聽聞台東的景色相當優美，自然景觀更是台灣的驕傲，但是這次造訪的地方全都是一片狼藉，每個接受我訪問的受災戶、農民，全都愁容滿面，房屋倒塌的災民想到往後的日子，傷心落淚的畫面到現在我都清楚記得。有時候，這是新聞工作很殘忍的地方，在許多重大災難現場，即使心中有許多情緒，記者都沒有資格慌亂或是難過，因為我們的工作是傳遞最真實的訊息，讓觀眾知道他們關心的，也讓該獲得關注的議題，傳遞得更遠。

所以針對「你會蹲在水中假裝災情很嚴重嗎？」這樣的問題，我相信只要真正看過災難現場的記者，想到受災的居民，就不會拿災情來開玩笑甚至是作假。

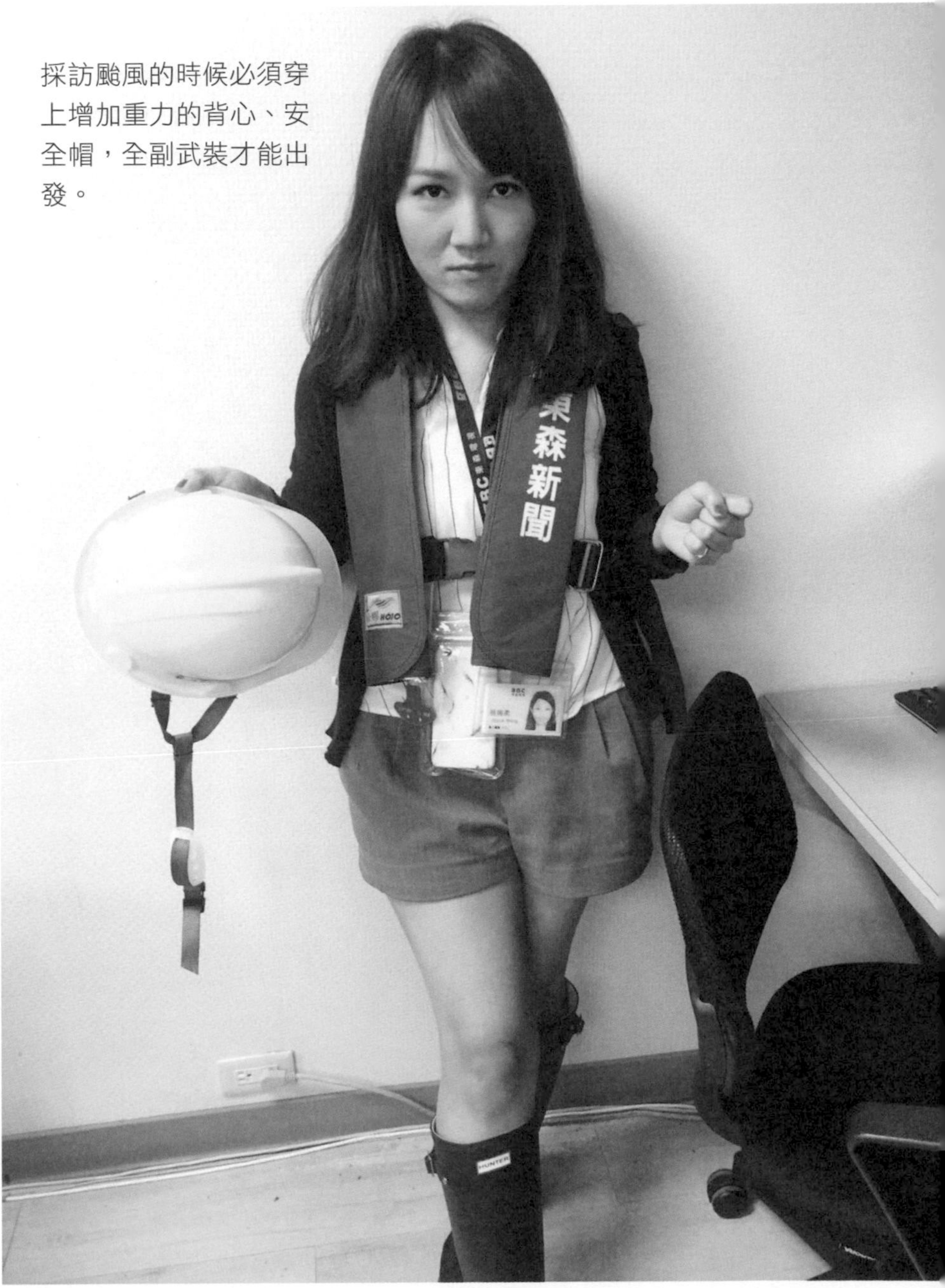

採訪颱風的時候必須穿上增加重力的背心、安全帽，全副武裝才能出發。

第三章

記者之眼的紐約臥底觀察

01／夢想與職涯的抉擇

坐上飛機，才回過神來，我已經在前往紐約的路上了。

「妳確定要辭職？不是已經開始播新聞了嗎？」、「妳都幾歲了？還要念書？」這是我宣布想要辭職前往紐約，攻讀我人生中第二個碩士的時候，大多數人的反應。

其實我曾經在二十八歲的時候，受不了記者這份低薪、高壓、高工時的工作，轉職到一個知名集團擔任媒體公關，但我根本受不了整天坐在辦公室打新聞稿的日子，兩個星期就提出辭呈，回歸新聞界。我對於記者這份工作的愛，濃烈到旁人難以理解。災難現場說走就走、颱風天颳風下雨，從來不曾拒絕長官臨時出勤的要求，每每完成一個任務，心中的成就感難以言喻。

擔任記者六年之後，藉由採訪看到世界上各種很厲害的人，我察覺到自己能力的不足，我曾經在二〇一七年跟公司請假一個月到首爾學韓文，從最基礎的韓文會話，到韓國文化，每天都學到很多新東西，本來以為這趟短期遊學足以讓我充飽電再出發，但是這卻成為我再次離開台灣的契機，因為我回到職場後，發現自己對生活漸漸失去了好奇心，沒有什麼事情能引起我的興趣，工作上的進步也越來越少，我知道我已經開始停滯，在一個應該要持續往前衝的年齡。

幾年前我曾經跟一家台灣的公司執行長聊天，他跟我說打算幾年後把公司賣了，想回美國工作，理由是「台灣的步調真的太慢了」，現在我才理解他的想法，在台灣低薪加上小確幸盛行的環境下，年輕人很像「溫水煮青蛙」，不知不覺就會失去衝勁。請千萬別誤會我認為台灣的環境比較差，事實上，我很熱愛台灣，我最討厭的就是喝過洋墨水的人，回到台灣以後成天發表一些崇洋媚外的言論，更別提我的家人、最了解我的姐妹都在台灣。

踏出舒適圈、離開家絕對不是一個簡單的決定，我也知道台灣一定有一群人很努力地在自己的領域衝刺，但從事國際新聞工作六年多來，即使從小英文成績就很好，但口語、聽力方面還是達不到像母語一樣流暢的程度，而對歐美文化也相對不那麼熟悉，所以負責採訪的一直都是亞洲圈的新聞，為了加強這方面的不足，我決定到美國，在一個全新的環境，讓自己的成長幅度拉到最大。

「台灣沒有學校可以念嗎？一定得出國？」這也是我常聽到的問題。

如果經濟環境許可，我建議台灣的孩子要出國唸書，前提是要能考上一定水準的學校，學店之類的學校就別去了。國外的頂尖學校光是教學資源就差很多，我在日本念研究所的時候，指導教授中村伊知哉曾經在日本政府擔任官職，同時擔任幾家企業的顧問，他籌組的研究項目裡面，參加的是SONY、JR東日本等大企業，產學密切結合，利於尋找人脈跟工作機會。

在生活方面，則可以看到更多更廣的世界，當你的眼界開了，台灣盛行的「小確幸」就再也不能滿足你；此外，你必須讓自己隨時處於上緊發條的狀態，因為你一慢，就看不到別人的車尾燈。

決定想去美國之後，因為想在二〇一八年出發，所以準備托福跟 Gmat 的時間非常短，加起來總共只有四個多月的時間，地點選在紐約，想在媒體之都探索更多可能，最後考上的學校是市立紐約大學的新聞所，以及 Fordham University 的媒體管理所，選擇後者報到的原因是，在新聞方面，我有很豐富的經驗，但是在媒體全面來說，我理解的可能不夠深入，加上這個系所隸屬於商學院，我可以學到很多過去沒有的商業知識，利於之後的求職。畢竟在紐約，一年的生活費加學費就要逼近三百萬元台幣，誰都不想畢業即失業。

說真的，超過三十歲，要放棄自己一路打拚下來的工作，要離開家，還是會有很多不安。可是理性分析之後，我認為我在記者之路已經累積了不少經驗，也曾坐上主播台，已經算是完成階段性的目標。台灣低薪現象普遍，特別是媒體行業更是慘烈，從我回台灣的第一天，到再次離開台灣的這一天，我從來沒有對自己的薪資滿意過。每當我跟外國朋友提到自己薪水的時候，大家總是睜大眼睛，

在紐約街頭巧遇踏入新聞界以來的偶像，CNN 當家主播 Anderson Cooper。

不敢相信台灣的低薪。我認為這是讓年輕人失去努力工作動力的主因，拚死拚活才拿這一點薪水，我何不做到六十分就好?所以我也想到海外，測試看看自己的實力，在競爭激烈的就業市場，看看「記者經驗」能為我加分多少，自己又有多少能耐。

同時我也期許自己，能拋開一切框架，在世界的中心探索自己的可能性，盡力吸收過去沒機會學習的事情，也希望自己能找出在紐約一個又一個值得讓台灣人看到與聽到的故事，記錄下來並傳達給台灣的讀者，這樣自己也不算離「國際新聞記者」這個崗位太遠了。

02／台灣記者，紐約學生

在紐約，我最主要的身分不再是記者，而是學生。

一開始這樣的身分轉換讓我有點不習慣，不僅僅是失去了經濟上的收入，財務不像在上班的時候那樣自由，更多的是心裡面那小小的失落感，每當手機上傳來重大新聞事件的推播消息的時候，我總是會不由自主地想到，現在如果還是記者的話，應該已經在棚內連線了吧。

二〇一八年的十月二十四日，我一早就到了學校開始埋頭準備期中報告，當時我已經連續好幾天一大早起床就直奔圖書館，這是我研究所開學後的第一個期中周，報告、考試都擠在一起，英文不是我的母語，我得很努力才能追上美國本地學生的進度。才剛坐下沒多久，手機就跳出「Breaking News」，說美國發生多件爆裂物包裹事件，這批可疑包裹分別寄給了前總統歐巴馬、前國務卿希拉蕊，還有CNN位於紐約的辦公室。

我的學校在曼哈頓的六十街，CNN的紐約辦公室距離我只有不到兩個街口的距離，正好，我在東森新聞的前主管傳了訊息來，問我離事發現場近不近？我邊跟他表明我只要走路五分鐘就能抵達CNN的辦公室，一邊起身前往，同時也傳訊息給我的同學們，詢問有沒有人剛好也在附近，以免我需要連線的攝影師。一路上，警車的警鈴聲響徹雲霄，荷槍實彈的員警來來往往，警察在哥倫布圈、CNN辦公室樓下的街口拉起了封鎖線，大批民眾只能在外面圍觀，就連記者也只能在封鎖線外連線。這時候被我拉來現場的同學趕到了，我顧不得自己蓬頭垢面、沒化什麼妝，把手機丟給對方之後就請他幫我錄影，我則是講解了現場的狀況，也採訪了路人對於這個消息的反應。因為事發突然，工具只有手機，我連麥克風都沒有，在吵雜的現場收音也只靠著我的耳機。

當然，這樣的作品畫質不能跟專業攝影機拍攝的影片相比，但是我在整段過

CNN 紐約辦公室收到炸彈包裹，當家主播 Chris Cuomo（右）就在辦公室門口連線採訪。

程當中都覺得非常享受，我還記得，我從學校趕到 CNN 辦公室的路上，我的心跳加速，即使當時還沒檢查可疑包裹的危險性，但我沒有一絲擔憂自身安全，而是想趕快弄清楚怎麼回事。果然，站在新聞現場的感覺讓我熱血沸騰，能在第一時間把現場的畫面跟消息傳遞給觀眾，是我最喜歡的事情。

對於記者這個職業，我依然抱有非常大的熱情，而目前能夠延續我熱情的城市，就是紐約。

雖然不再是隸屬於某個公司的記者，但我想分享自己在紐約看到聽到的一切，換一種方式讓台灣的年輕人感受到來自世界級都市的刺激，哪怕是一點點也好，希望可以幫助大家找到向前跑的動力。

另一方面，我也想找到我的熱情，無論是在新聞行業，或是其他領域。因為我在紐約感受最深刻的一件事，就是「熱情絕對不能一輩子當飯吃，可是沒有了熱情，就什麼也做不下去。」

我在學校擔任教授的助教，一天，一個來自中國的國際學生艾蜜莉（Emily）在教授的辦公室紅了眼眶：「我覺得我做太多無薪的工作，我快被燃燒殆盡了！」原來，艾蜜莉為了找到一份正職的工作，從研究所一年級開始就陸續在很多單位無薪實習，也為了增加經歷參加了各種活動，在紐約各大藝術活動，都能看到她在做義工的身影，可惜，離畢業剩下兩個月，正式的工作Offer仍沒個影子。

雖然當時我才剛入學兩個月，但也不難了解艾蜜莉的焦慮。在學校裡，有個專門幫助學生找工作的職涯中心，不只定期舉辦工作博覽會，每週都有教導如何建立人脈、練習面試的workshop，每個人都有advisor給你專屬的履歷修改建議，只要約時間，每天都可以找advisor討論找工作的策略。無論是本地人還是留學生，每個人的目標都是畢業後找到好工作，證明自己這兩年在學校的投資是值得的，說現實一點，也為了養活自己。

我的教授是個重效率講邏輯的波蘭人，聽完艾蜜莉因為情緒激動而語無倫次的話語後，攤開雙手說：「如果妳不無薪工作，後面有大批的人願意取代妳的位置，這就是紐約！我知道這不公平，但這就是紐約。」

每個來到紐約的人都想找到自己的夢想，這份追夢的力量足以讓這些人願意無償工作，有些人為了經驗，有些人就是單純想待在紐約，更多的人認為，只要在紐約能立足，這段無薪的日子也值得，因為在紐約有一句名言："If You Can Make it Here, You Can Make it Anywhere." 只要能在紐約存活下來，那這世界上就沒有能難得倒你的城市了。

在紐約，離很多一流企業很近，我曾經到 Bloomberg 的紐約總部做企業參訪，一位資歷長達二十五年的員工莫妮卡（Monica）跟我們分享經歷的眼神閃閃發光，她說自己從紐奧良的小電視台開始，後來加入了彭博社電台，一路做電視，到現在數位平台，彭博社對她來說是一個擁有無限可能的地方，因為只要找出可能性，公司絕對有舞台讓人發揮。問她對年輕人在找工作的時候有什麼建議，她說：「要找一個你就算無薪也做得甘之如飴的事情。當然不是要人一輩子就放棄麵包，而是當你找到自己有熱情的地方，工作才能長久。」

以學生記者的身分採訪 Spectrum News 的主播 Cheryl Wills。

這也讓我想到，在台灣工作的時候，總是跟長官抗議自己的薪水太低，但還是做了這麼久，而且怎樣都捨不得改行的原因，終歸是那份自始至終都支撐著自己的熱情啊！所以，無論畢業後我會不會重回記者崗位，我都希望能趁著在紐約的時候，可以拓展自己的眼界，為自己發掘更多可能性，同時，也期許自己能以不同的形式，繼續說著我看到、經歷到的所有故事。

第四章

聯合國實習筆記

01／我在聯合國做什麼？

雖然下定決心辭職來到紐約攻讀研究所，但是我念的科系隸屬於商學院，不以研究風氣為主，大家都以畢業後要找到個好工作為目標，開學的第一天，學校的職涯發展中心就列出洋洋灑灑一堆課程，要我們及早準備好自己的履歷、為面試做練習。在美國，實習經驗更是跟求職成正比，所以雖然二〇一八年九月才開學，很多大公司就已經開始了二〇一九年暑期實習的程序了。

本來以為我已經有工作經驗，又精通中英日文，找工作應該不難，但是來到紐約才知道這個城市人才輩出，競爭非常激烈，再加上這幾年美國總統川普上任後，工作簽證取得不易，即使碩士畢業生有比較高的機率抽中 H1B 工作簽證，但是近年來拒簽機率上升，申請手續繁瑣，就算公司願意付一大筆錢幫國際人才申辦簽證，也會因為高不確定性而打退堂鼓，越來越多大企業表明，不會為了剛畢業的學生申辦工作簽證，也讓留學生的求職之路充滿荊棘，即使我很早就開始投履歷找實習工作，但多半還是石沉大海。

直到有一天參加學校辦的研討會，來自聯合國的主講者提到了聯合國長期提供大量的實習機會，於是我就打開求職頁面，剛好看到在 Department of Global Communications（國際傳播部門）的 news monitoring unit 部門有工作機會，工作要求需要精通除了英文以外的至少一種聯合國官方語言，投遞履歷的隔天，我就接到邀約面試的電話，面試完當天下午就拿到了 Offer letter。

二〇一九年的暑假，拿著通行證過了安檢門，正式開始在聯合國實習，看到往年聯合國大會舉辦的會議廳，心中真的非常激動，雖然只是一份無薪的實習，但這樣的機會是多麼難得，如果我還留在台灣，根本不可能有機會走進聯合國紐約總部的辦公室，更別說在這裡以實習生的身分進出了。

上班第一天之後，我開始學習工作的部門的主要任務，第一個是每天早上要監測全球超過兩百家媒體的新聞，整理出「符合聯合國價值」的新聞，並且在中午把這份新聞整理成電子報發送給內部的管理階層。另一個主要任務就是每週要製作一份媒體分析報告給秘書長室，讓他以及高階主管了解在過去兩周內的新聞走向，以及全世界的媒體報導了哪些聯合國相關的新聞，並且對這些新聞內容進行質與量的分析。

開始了整理每日新聞的工作之後，我才了解我被錄取，憑的可能不只是運氣還有語言能力，因為這項工作需要的能力跟以前擔任國際新聞記者的時候有幾分相似，早上每個人只有大約兩小時的時間，要掃描過所有被分配到的新聞媒體（我理所當然地負責中國、香港、台灣的中、英文媒體），然後找出聯合國官員們會關心的、應該知道的議題，放進電子報內容。只是以前當記者的時候，可能得在半小時之內匆匆掃過所有新聞，就要篩選出什麼是觀眾關心、愛看的，而亞洲觀眾會點閱的新聞，跟聯合國電子報當中該放的內容走向更是大不相同，舉例來說，如果我還是國際新聞記者，在CNN、BBC等外電裡，如果看到G20、氣候變遷會議之類的新聞，與會者如果沒有什麼爆炸性言論的話，我很可能會草草帶過，因為這類「硬新聞」根本就沒有收視率，但是在聯合國，這反而變成每天都要關心的新聞！

這份工作對我來說不難，因為在一片資訊海當中，找到目標群眾需要的訊息，是過去記者經驗不可或缺的技能，但是還是有令我感到「震撼」的地方。

中國是聯合國的常任理事國，中文也是官方語言之一，聯合國的管理階層當中也有不少人來自中國，所以中文媒體自然在這份電子報當中有一定的份量，根據內部的媒體名單，當我打開新華社、中國新聞網、環球時報這些媒體的網頁的時候，無論他們寫的是中文還是英文，很多時候頭條斗大的標題都是類似「習近平心中牽掛的民生」、「總書記這些話語溫暖人心」，讓我看得渾身不對勁，在美國，別說自由派的CNN整天狂批川普，就算是保守派的FOX也不會為川普寫這樣的新聞。而在台灣，雖然媒體各自會有立場，但倒也不至於讓本來應該監督政府的第四權，變成政府的傳聲筒，甚至是為黨政包裝的工具。

識讀能力，是我認為在這個資訊爆炸的時代每個人都得具備的能力，也就是在接收訊息的時候，必須獨立思考，而不是媒體報導什麼，就全部相信。

在聯合國實習之後，對我來說最大的衝擊就是，在瀏覽完西方觀點的新聞之後，打開中國的新聞網站，面對的卻是截然不同的新聞內容。像是西方媒體不斷報導新疆的穆斯林再教育營，中共在新疆對穆斯林建立拘禁和再教育系統，引發外界對中國人權的嚴厲批評，美國國務卿麥克・蓬佩奧（Mike Pompeo）甚至說這是「世紀污點」，但是，打開中國媒體，你不只完全看不到關於新疆再教育營侵犯人權的相關報導，取而代之的是形容新疆人民生活美滿的新聞，甚至也有不少像是「外媒汙衊中國在新疆的反恐跟打擊犯罪措施是別有用心」這樣標題的文章。

對於在民主社會成長的我來說，有點無法想像如果自己只能單方面接收到「政府想讓人看到」的資訊，那會是怎樣的生活。而這種對「官媒」的抗拒，也讓我在每天早上選擇該放進電子報的新聞內容時，對於到底該放西方媒體觀點，還是中國官方媒體的報導，內心總是會陷入一番交戰，畢竟中國近年來在聯合國無論是資金或是人事的影響力都越來越大，身為一個小小實習生，我也不想為部門惹來麻煩。

所幸，在跟主管提到我的煩惱之後，她笑說：「妳是我們部門第一個台灣實習生，為了我們找出很多不同的中文新聞觀點，讓我們很驚艷。而我們的工作不是為每個新聞事件找出真相，而是提供閱讀我們電子報的人各種不同的看法，所以保持中立是一件很重要的事，所以只要把中西方觀點同時都放入電子報就不會有問題。」

透過這件事，我才意識到，以前當國際新聞記者的時候，報導內容都是海外的新聞事件，內容鮮少牽涉到台灣的政治或是公司的立場，但是，一旦換了工作內容跟角色，我竟然也會不自覺地開始在意「高層」的意見，才理解到不被外界因素影響客觀性或是中立性不是一件不費吹灰之力就能做到的事情，也期許自己在未來，無論在何種工作崗位上，都可以保持像以前在新聞現場那種「無畏」的心情。

02／台灣需要的不只是國際新聞

近幾年中國在軍事跟外交上動作頻頻，中美兩大國之間的角力開始白熱化，在聯合國的國際傳播部門實習，明顯感受得到台灣的外交困境，但是記者出身的我，感觸最深的是，對內，台灣人需要更多有深度的國際新聞，讓人民跟世界接軌、掌握世界脈動；對外，台灣嚴重缺乏可以在國際場合發聲的英文媒體。

二〇一九年五月，中美貿易戰的戰火，從兩國官員之間，延燒到了主播台。美國福斯商業頻道女主播崔西·雷根（Trish Regan）和中國環球電視網主持人劉欣，先是在各自節目上互嗆對方，又在推特展開唇槍舌戰，最後更展開辯論會。

事情發生的開端是這樣的：崔西·雷根在自家節目中，說川普對於美中貿易戰相當「願意戰鬥」，還說中國的繁榮是以美國的利益為代價。這番言論聽在中國人耳裡當然不舒服，於是劉欣於二十二日在節目中反擊，說崔西·雷根把美國描繪成受害者，還說她的眼睛幾乎噴火，意指崔西·雷根的言談帶有情緒性，更表示："It's fair to say she also speaks for Trump's America."（說她為『川普的美國』代言也不為過）」

於是兩人在崔西・雷根的節目時段當中展開了辯論會，即使這場辯論會的討論聲浪，在中國非常熱烈，美國民眾相較之下就沒有那麼關心，但是在中國國際電視台（CGTN）主持英文節目的劉欣英語表達能力極佳，講話鏗鏘有理，在辯論會表現可圈可點。

當下我就想，台灣的英文節目少之又少，用英文經營社交網站的新聞記者或是主播更是近乎於零，這樣一來，台灣在國際聲量上，會不會就先輸在起跑點了呢？

這樣的感覺在進入聯合國實習之後更加明顯。

我加入聯合國時，正好是香港反送中條例引發爭議、港人開始每周末大規模遊行抗議的時候，面對全世界關注香港的局勢，中國政府不僅頻繁召開記者會，強調中國立場，大量來自中國的英文媒體，把這些「中方立場」一字不漏地做成英文報導，雖然只是一篇篇的英文新聞，但是大量累積之後，的確增加了國際聲量，也讓更多不懂中文的人，更了解中國政府的想法。

像是香港警方在八月十一日暴力壓制示威者，包括在地鐵站內發射催淚彈，或近距離發射胡椒彈攻擊抗議人士，引發西方媒體高度關注，聯合國人權辦公室也發布新聞稿表示關切，認為香港警方違反國際規範及標準，敦促香港政府調查。果然，聲明一出，中國駐日內瓦就回擊，認為聯合國跟歐盟針對涉港問題發表錯誤言論，干涉中國香港事務和中國內政，向暴力違法分子發出錯誤信號。大量中國官方媒體爭相報導，要西方不要干涉中國內政，而這樣的報導也成為新華社英文版頭條，各家中國的英文媒體包含China Plus、People's Daily、環球時報、CGTN也紛紛跟進。

或許你會以為，不過就是把新聞翻譯成英文，有什麼了不起？培養英文媒體，其實都在中國政府的計畫當中。根據南華早報報導，過去十年，中國政府花了至少六十六億美金，來培養英文媒體，新華社的外語新聞數量從二〇〇九年開始增加了一倍，CGTV在Facebook的英文粉絲頁更累積了八千萬粉絲按讚，這些都是為了要讓「來自中國的聲音」更順暢地傳遞到西方。

香港爆發抗議，如果不想要只讓西方媒體來定義這場事件，講英文且「值得信賴」的中國媒體角色就變得非常重要，如果到了事件發生當下，才草草寫英文新聞，這樣的報導根本不會被西方採信，到時候，就只能依賴西方媒體。

養兵千日，用在一時。在反送中抗議期間，來自中國的英文媒體恰如其分地發揮了中國政府想要他們發揮的角色，不僅在中國境內的電視台、網路，這些英文媒體還有推特帳號、Facebook 粉絲專頁及 Instagram，就是為了跟西方世界接軌，不讓他們心中那些「不客觀」的西方新聞專美於前。一整個夏天的抗議，中國英文媒體在網路上累積的聲量相當驚人，也讓中西兩方的媒體觀點簡直壁壘分明——對於西方媒體來說，香港的抗議是對一國兩制的質疑、是一場又一場的民主運動，而中國官媒則把示威人士稱為暴徒、恐怖分子。

反觀台灣的媒體，以中文為主流，就算公視跟民視有英語新聞的時段，平面跟電子的英文媒體有中央社的 Focus Taiwan、Taipei Times 以及 Taiwan News……等等，但是公視跟民視的英語新聞節目每天只有不到一小時的時段，而平面跟電子的媒體，除了 Taiwan News，稿量明顯不足以跟中國的英文媒體比拚。

當然，在民主國家長大的我們，如果要看英文新聞，第一個想到的可能會是 CNN、BBC 等知名媒體，鮮少會有外國人會主動搜尋台灣或是中國的英文媒體來看，但是以目前台灣的外交困境來說，利用英文媒體持續地、大量地發出台灣的聲音，不失為一個有效的手段。

我在聯合國實習的部門，每天早上都要編輯電子報，在全世界超過兩百家媒體當中，選出重要的新聞放進電子報裡。高階職員跟秘書長都會收到這封信，掌握世界脈動，也能看到媒體是如何報導聯合國，這份電子報裡面，以英文媒體為主，但是也會收入阿拉伯文、中文、法文、俄文、西班牙文等官方語言的媒體報導，讓來自這六個國家的高階官員，可以更輕鬆閱讀，也能呈現當地媒體的觀點。

第七十四屆聯合國大會在九月十七日於紐約聯合國總部開議，八月底就開始有台灣媒體報導，外交部將會透過友邦在大會提出推案，希望爭取台灣在聯合國實質參與、也希望聯合國允許台灣媒體及民眾進入採訪及參觀，但是當時這些都只有中文報導，我也只能在電子報裡放入台灣媒體的中文報導。但試著想看看，聯合國的高級官員的共通語言是英文，就算有看得懂中文的官員，也大多來自中國，他們就算在電子報裡面看到了這篇中文報導，會願意為台灣爭取進入聯合國的權利嗎？

台灣的英文媒體資源不足，恐怕跟台灣媒體環境的低薪、資源缺乏有關，但是當中國、南韓、甚至日本都致力於培養英文媒體，台灣政府、新聞媒體也是時候思考，是否應該挹注資源，讓台灣擁有一個可以在國際平台發聲的英文媒體，以及相關的專業新聞從業人員。

03／在聯合國工作的台灣人

「我想做的事情，是想幫助世界上更多的人、要讓世界變得更好。」

我永遠不會忘記，貝兒在跟我說這句話時那堅定、而且閃閃發亮的眼神。

貝兒是我在聯合國認識的第一個台灣人，任職於秘書處的她已經在紐約的聯合國總部工作十一年，本來在南韓的慶熙大學攻讀研究所的她，在大學畢業後申請到聯合國 NGO 相關部門在紐約的實習機會，實習結束後，拿到了大會與會議服務部的短期約聘工作，最後在四個短期員工中脫穎而出，成為聯合國的正式員工，就這樣一路工作到了現在，從懵懵懂懂的小實習生，到現在已經熟知紐約的大街小巷，全身上下散發自信且迷人的光芒。

回憶起剛到紐約實習的時光，因為聯合國的實習機會全都是無薪，紐約的生活費又非常昂貴，即使有客委會築夢計畫獎學金補助，貝兒還是只能住在破爛的公寓裡面，扣掉房租之後，一天的生活費只有十塊錢美金，每天的午餐都只能在員工餐廳選最便宜的套餐，就算成功得到了全職工作機會，聯合國的薪水在紐約來說還是不算相當高，貝兒笑說：「我開始工作後，過了好幾年苦日子，直到這幾年才覺得自己的生活品質慢慢改善了。」

不只是金錢方面，一個在台灣長大的女孩，第一份工作就來到紐約，面對文化的不適應，即使英文再好，也達不到當地人標準，因為這樣，一開始的時候貝兒沒有受到主管的重用，曾經嚴重自我質疑並且感到失落。但是貝兒充分地展現了台灣人的韌性，透過一次又一次的練習與模仿，貝兒慢慢學會了如何跟來自各國、不同文化背景的人相處，還上遍了所有聯合國提供的英文課程，就是不願意讓語言變成她的阻礙，而上天也沒有辜負貝兒的努力，她已經成功脫胎換骨，不再是當初那個迷惘的小女孩。

讓貝兒堅持下去的，不只是「讓世界變好」這樣的信念，她說，在聯合國實習期間遇到了很多抱有夢想的人，聽見了很多激勵人心的故事，也讓她深信，只要努力做好自己分內的事情，一定能對社會有正面的影響。

貝兒實習時，最好的朋友之一是一位來自斯里蘭卡的實習生，他的家族在斯里蘭卡當地一直致力於幫助貧困、無家可歸的人建造房屋，讓這些人不致於流離失所，但是在一九九五年的金融危機，他家宣布破產，失去了擁有的一切，而這家人當時奮力保護的，不是自己的資產，而是所有幫助窮人蓋房子的計畫，即便自己身無分文也要幫助別人的這份大愛，深深震撼了貝兒，也在她心中埋下了想在國際組織盡一己之力的種子。

現在貝兒在聯合國，負責安排每天大大小小超過六十個會議，為了確保會議順利進行，他們需要確認時間、場地、音控、翻譯人員，是聯合國這個大組織裡不可或缺的小螺絲釘。貝兒告訴我，站在國際關係角力的現場，自己從哪裡來，似乎變得不再重要，因為每個在這裡的人，都懷有一個共同的願景，就是「讓世界變得更好」。

「無論多聰明、學歷多高、收入再好，我相信有熱情的人才能走得最遠。」貝兒對我說的這一句話，也深深發揮了激勵人心的力量，成為我在聯合國獲得最大的寶藏。

＊＊＊

「維持國際和平及安全」是聯合國背負的重要任務之一，在這樣的任務當中，也能看到台灣人的身影，任職聯合國曼谷辦公室的傑克（Jack）就是其中之一。

傑克在曼谷的聯合國資訊與通訊科技辦公室（OICT）擔任顧問，專門處理聯合國維和部隊在馬利、蘇丹、海地……等地所有資訊科技相關業務，從系統規劃建置到人力調度，都需要透過他們安排，首重的就是資訊跟數理能力。

但這份工作機會，得來實屬不易。

二〇一五年，傑克在倫敦大學亞非學院求學，申請到聯合國在日內瓦的貿易投資部實習，從小就對國際事務組織抱有夢想的他，終於獲得了進入聯合國殿堂的門票，但是聯合國的實習機會不僅無薪，要在結束之後拿到正式工作的機會更是不簡單，個性積極外向的傑克在實習快結束的時候，積極跟聯合國的部門主管們毛遂自薦，這份勇氣還真的獲得傑克現任長官青睞，讓他順利成為聯合國的正式員工，也讓他笑說：「當時真的是對著長官亂說，沒想到真的能讓我找到工作。」

大學就讀新聞系、研究所念經濟的傑克沒有理工背景，在資訊與通訊科技辦公室需要的程式語言技能全都是靠自己拚命自學，但他的任務也不是只有跟工程師溝通那麼簡單，因為需要支援維和部隊的運作，必要時得隨隊出差前往剛果、南蘇丹、索馬利亞與象牙海岸等地，危險，也就隨之而來。

一次傑克到東非的索馬利亞出差，當地海盜猖獗、恐攻頻繁，全國超過半數的居民需要靠國際組織援助，而那裏，還有恐怖組織會以聯合國、歐盟救援組織為攻擊目標，就算維和部隊在索馬利亞的營區占地數十公頃，高牆、鐵絲網環繞，傑克還是遇上了恐怖攻擊。他回想，當時正在刷牙洗臉準備就寢，卻聽到一陣劇烈的碰撞聲，原來是炸彈車衝撞維和部隊駐營大門，當場他被維安人員「扔」進了避難碉堡，要他在警報解除前不要出來，也讓當時滿臉牙膏的他第一次感受到自己原來離恐怖攻擊這麼近，更切身體會到「世界和平」的重要。

雖然傑克目前的工作需要用到基礎的程式語言知識，但是他卻說，如果再重來一次，還是會選擇文組的新聞系，因為透過新聞系的訓練，他有了良好的溝通及組織思考能力，還有對美學的認知，都是無可取代的。有了這樣的基礎，加上對國際關係的興趣、開朗的個性、適應力強的生存能力，讓他對於聯合國的工作得心應手。

在聯合國實習，讓我學到最多的，或許不是工作上的技巧，對我來說如獲至寶的是我在這裡認識的人。幾乎所有人，都曾經在談話中跟我聊到，或許每個來自不同國家、不同背景的人都有自己的政治傾向，但是在聯合國體系裡面，每個人都是「世界公民」，應該要一起為了世界做出貢獻。

在還沒有開始實習之前，或許我會默默覺得這樣的想法有點天真，畢竟在聯合國，還是有很多外交角力、協商、甚至是競爭，但是我在遇到這些人之後，發現熱情似乎有感染力，也讓我不禁覺得，如果能把國籍的框架化為最小，把每個人心中的熱情跟夢想放大，付出自己小小的力量，不知道會不會有一天，「世界和平」不再只是口號呢？

進入聯合國紐約總部需要經過安檢，實習生進出都需要識別證。

74 屆聯合國大會後，秘書長古特雷斯與國際傳播部門員工會面。

後記

剛撰寫完這本書，開始跟編輯校稿的時候，收到了一封來自新聞系學生記者邀訪的信，正是他們在大學媒體內，想製作一則關於台灣主流媒體輕視國際新聞的專題。讓我想起，十年前，我還是他們這個年紀的時候，曾經也跟教授在課堂上討論過一模一樣的問題，很顯然地，十個年頭過去了，台灣主流新聞媒體給民眾、甚至是新聞系學生的印象，沒有改變。

當時在課堂上振振有詞的自己，是否在畢業後隨波逐流，加入了主流媒體，間接或直接地成為了「讓台灣沒有國際新聞」的元凶？

在我心中，答案真的是否定的。

在我擔任國際新聞記者的期間，曾經有一段時間負責報稿的工作，需要監控、整理當日的國際新聞，在編採會議報告後，跟編輯討論要製作哪幾則國際新聞。這樣的場合，可以說是「觀眾必須知道的」跟「觀眾想看的」兩種內容的拔河，觀眾必須知道中東的局勢，但是從收視率來看，觀眾絕對比較想看日本最近流行什麼、有什麼美食，這時候，商業電視台必須把收視率納入考量，即使我不下一次跟長官強調「硬」新聞才該被報導，但敗下陣來的機率總是比較高。

在第一章我提到，「台灣沒有國際新聞」是個雞生蛋、蛋生雞的問題，閱聽人、媒體都需要負責，而媒體真的是萬惡之首嗎？並非辯解，但媒體真的有在努力。我在電視台工作的期間，曾經多次被長官告知，高層非常重視國際新聞，不只開設國際新聞專題節目，也連帶讓我多了很多出差的機會，在各大城市中跑新聞，讓我大開眼界，也讓我把親眼所見帶回到台灣，透過影像，讓更多觀眾認識這個世界。

這些故事，無論觀眾買不買單，都讓我的人生變得非常豐富，但是這每一個故事，絕對不是靠我一個人就能獨力完成，跟我一起在異鄉奮戰的攝影記者、決定新聞內容題材的編輯、剪接師、錄製節目的導播、成音、特效動畫師、負責上字幕的後製人員、主持節目的主播、幫主播打理造型的梳化……短短幾分鐘的新聞，背後有一整個團隊的努力，少一個人，新聞就不能完美呈現。

新聞工作環境極度高壓，讓我不只一次內分泌失調、鬼剃頭，還曾經被醫生警告，再這樣下去身體的狀況會無法挽救。暫時卸下記者頭銜，來到紐約求學後，我卻常常想起記者這份工作，逼著我成長，也讓我茁壯。

而這一切，除了歸功於整個新聞團隊，也要感謝一直陪伴在我身邊的朋友跟家人，新聞之神發威的時候，常常放朋友鴿子，還得靠他們聽我吐苦水紓壓。工作一忙起來，家人更是好幾天都只能在電視上看到我，還得看著我為了跑新聞出生入死，捏把冷汗。

完成這本書的現在，我暫時卸下記者身分，在紐約為自己的職涯努力。過去有多年記者經歷的我，既沒有金融業對數字的敏銳度，不會高深的 Excel 技巧，也不會任何一種程式語言，沒有任何「硬技術」的我在求職的時候，只能推銷自己能在短時間內處理大量訊息，以及能在高壓環境工作，其實在就業市場上很不吃香。讓我忍不住思考，到底是什麼支撐著記者們的工作呢？除了使命感跟熱情，我想不出別的答案。

而這樣的使命感跟熱情，背後少不了許多支持。我最親愛的阿嬤在我記者生涯漸有起色的幾年，因為氣切都住在醫院，我每天下班的固定行程都是去探訪她，每次要出差前跟她報告，她總是皺起眉頭說：「又要出去？」但是她從來沒有要我辭去工作，醫院的護理師、看護都被她逼著看我的新聞，我知道，她雖然未曾說出口，但是心中很是為我驕傲。

我要將這本書，獻給辛苦的新聞從業人員，也獻給一路上支持我的朋友跟家人，還有已經在天上享福的阿嬤。同時也謝謝邀請我寫這本書的出版社、編輯季瑄、陪我一起經歷許多新聞現場的 Master Yin、還有購買這本書的人，很開心還是有這麼多人重視國際新聞，也祝福台灣的媒體環境越來越好。

高寶書版集團
gobooks.com.tw

新視野 New Window 193
身為國際新聞記者：鏡頭下的故事與文化，那些城市教我的事
作　　者　翁琬柔 Joyce Weng
主　　編　吳珮旻
責任編輯　蕭季瑄
封面設計　謝佳穎
排　　版　賴姵均
企　　畫　鍾惠鈞

發 行 人　朱凱蕾
出　　版　英屬維京群島商高寶國際有限公司台灣分公司
　　　　　Global Group Holdings, Ltd.
地　　址　台北市內湖區洲子街 88 號 3 樓
網　　址　gobooks.com.tw
電　　話　(02) 27992788
電　　郵　readers@gobooks.com.tw（讀者服務部）
　　　　　pr@gobooks.com.tw（公關諮詢部）
傳　　真　出版部　(02) 27990909　行銷部 (02) 27993088
郵政劃撥　19394552
戶　　名　英屬維京群島商高寶國際有限公司台灣分公司
發　　行　英屬維京群島商高寶國際有限公司台灣分公司
初版日期　2019 年 11 月

國家圖書館出版品預行編目（CIP）資料

身為國際新聞記者：鏡頭下的故事與文化，那些城市教我的事 / 翁琬柔作 . -- 初版 . -- 臺北市：高寶國際出版：高寶國際發行，2019.11

面；　公分 . -- (新視野 193)

ISBN 978-986-361-751-8 (平裝)

1. 新聞記者　2. 國際新聞　3. 文集

895.107　　108017151